世纪高职高专通信规划教材

**21 SHIJI GAOZHIGAOZHUAN
TONGXIN GUIHUA JIAOCAI**

传输系统组建与维护

李筱林　曹惠　龚雄涛　刘功民　主编

人民邮电出版社

北　京

图书在版编目（CIP）数据

传输系统组建与维护 / 李筱林等主编. -- 北京：
人民邮电出版社，2012.1
21世纪高职高专通信规划教材
ISBN 978-7-115-25583-9

Ⅰ．①传… Ⅱ．①李… Ⅲ．①通信传输系统－高等职
业教育－教材 Ⅳ．①TN914

中国版本图书馆CIP数据核字(2011)第187313号

内 容 提 要

　　本书以传输网络建设与运行维护的工作过程为主线，阐述了传输系统的基本技术，以及网络中使用的各
类设备、建设流程与维护规范。

　　本书针对当前传输网络从组建到维护的工作内容的需求，紧扣行业标准及规范，具有较强的实用性。本
书可作为高职高专院校通信技术类专业传输技术相关课程的教材。

21 世纪高职高专通信规划教材

传输系统组建与维护

◆ 主　　编　李筱林　曹惠　龚雄涛　刘功民
　　责任编辑　贾　楠

◆ 人民邮电出版社出版发行　　北京市崇文区夕照寺街 14 号
　　邮编　100061　　电子邮件　315@ptpress.com.cn
　　网址　http://www.ptpress.com.cn
　　大厂聚鑫印刷有限责任公司印刷

◆ 开本：787×1092　1/16
　　印张：12.75　　　　　　　　　2012 年 1 月第 1 版
　　字数：323 千字　　　　　　　2012 年 1 月河北第 1 次印刷

ISBN 978-7-115-25583-9

定价：29.80 元

读者服务热线：(010)67170985　印装质量热线：(010)67129223
反盗版热线：(010)67171154
广告经营许可证：京崇工商广字第 0021 号

前　言

"传输系统组建与维护"是通信类专业的一门专业核心课,是面向通信职业岗位电信机务员的一门主干课。通过对本课程学习,学生将掌握从事通信传输设备的维护、值机、调测、检修、障碍处理、工程施工等工作所需要的技能、知识和职业素质。

1. 课程设计理念

本课程将打破传统的按照知识体系教授课程的方式,以学生将要从事的电信机务员(传输)岗位所需的职业能力为目标,与行业企业合作,进行基于工作过程的课程开发与设计,既保证职业岗位所需技能、相关知识、职业素质的需要,又培养学生的职业能力,使学生养成良好的职业习惯。

2. 课程教材设计思路

(1)根据电信机务员从事传输设备的维护、值机、调测、检修、故障处理等具体工作内容,提取出几个典型的工作项目。

(2)将工作项目转化成对应的学习情境。

① 以通信行业的国家职业标准中的传输机务员岗位职业能力要求为主线,进行课程教材的设计。通过对传输机务员基本职业要求、相关专业理论知识和技能要求的分析、分解和重构,组织安排课程教材内容,设计教学情境。

② 以工作现场传输机房设备维护与管理岗位的要求为依据设计课程教材的内容。通过对工作现场传输机房设备维护与管理岗位职责、岗位特点、岗位要求的分析与研究,组织教学活动,确定教材结构,把实践内容融于理论基础内容中,让学生在学习教材的同时能掌握实际工作中的操作方法,学习的内容就是工作的内容,达到学习与工作的高度统一。

③ 在教材中体现以构建真实的职业环境来支撑课程设计与课程实施。同时,为了配合教材中工作项目的实施,建立与现场零距离接轨的实训平台,仿真工作现场职业环境,设计实训项目,以达到在工作环境中学习的目的。

④ 将职业素质的培养贯穿课程教材设计的始终。本书对教学情境的设计和任务的安排充分体现了职业素质的要求。同时,在教学实施过程中注重对职业素质的培养,课程考核中增加对职业道德、职业习惯等职业素质的考核内容。

3. 课程教材设计内容

本课程教材设计培养的人才主要面对以下几种工作岗位:传输设备管理人员,传输网络建设与维护人员,通信工程公司的工程设计、施工及现场调试人员。通过分析国家职业标准中对传输机务员的要求,针对传输设备管理、传输网络建设与维护及传输系统工程设计、施工及现场调试等岗位特性和职责要求,加强学生在传输领域专业技术中专业知识、职业技能和职业素养三方面的同步培养,为学生尽快地适应社会、适应企业需求奠定基础。

教材中划分的主要学习情境如下。

第一篇（认识传输系统）介绍了几种不同的传输网的特点，以及传输网的地位、作用和位置。

第二篇（组建传输网络）主要通过以组建几种不同的传输网络为主线展开介绍，在组建网络的过程中，融入 SDH 技术、SDH 帧结构、SDH 复用映射定位过程、SDH 网络拓扑、SDH 自愈保护、SDH 时钟同步、网管功能等知识，使学生在完成任务的同时能掌握网络的组成和组建、配置方法，了解操作职业守则。

第三篇（传输系统运行与维护）描述日常维护项目和故障处理方法、步骤，使学生理解传输设备的运行过程和维护方法。

第四篇（传输系统的应用）介绍几种比较先进的传输系统，使学生了解新技术在传输系统中的应用。

其中，第一篇和第四篇由刘功民编写，第二篇由曹惠编写，第三篇由李筱林编写。

本书编写过程中，得到龚雄涛老师的指正。本书有关内容还得到了现场工程技术人员的指导，参考了中兴、华为等厂家的技术指导书及运营商的维护规程。在此特对给予过帮助的朋友们和上述厂商表示衷心的感谢！

由于编者能力有限，书中难免有错漏及不妥之处，敬请广大读者批评指正。

编　者

2011 年 8 月

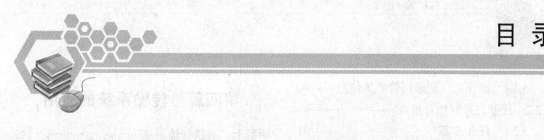

目 录

第四篇　传输系统的应用

第 一 篇

认识传输系统

学习目标

1. 认识各通信网络中传输网络的地位、作用及与其他网络的关系。

2. 了解传输网络机房工作岗位的岗位职责、工作内容及工作要求。

项目一

认识传输系统

电信网是十分复杂的网络，人们可以从各种不同的角度、以不同的方法来描述，因而网络这个术语几乎可以泛指提供通信服务的所有实体（设备、装备和设施）及逻辑配置。也正因为如此，根据其划分的角度和依据不同，电信网有着多种分类的方法，比较常见的有以下几种。

① 根据子网的功能可以分为业务网、传送网和支撑网。

业务网、传送网和支撑网之间的关系如图 1.1 所示。

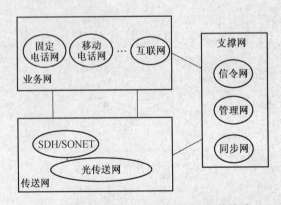

图 1.1　业务网、传送网和支撑网之间的关系

业务网是指向公众提供电信业务的网络，包括固定电话网、移动电话网、互联网、IP 电话网、数据通信网、智能网、窄带综合业务数字网（N-ISDN）、宽带综合业务数字网（B-ISDN）等。

传送网是指数字信号传送网，包括骨干传送网和接入网。

支撑网包括信令网、数字同步网和电信管理网。

由图 1.1 可知，上述三张网互相依存，共同构成一个完整的电信网络。

② 根据子网的位置可以将通信网分为用户网、接入网和核心网。

用户网、接入网和核心网之间的关系如图 1.2 所示。从整个通信网的角度看，可以将全网划分为公用网和用户驻地网（CPN），其中用户驻地网属用户所有，因此通常意义上的通信网指公用电信网部分。

核心网的作用是交换和传送。相对于核心网，接入网介于交换设备和用户之间，主要完成使用户接入到核心网的任务，由业务节点接口（SNI）和用户网络接口（UNI）之间一系列传送设备组成。

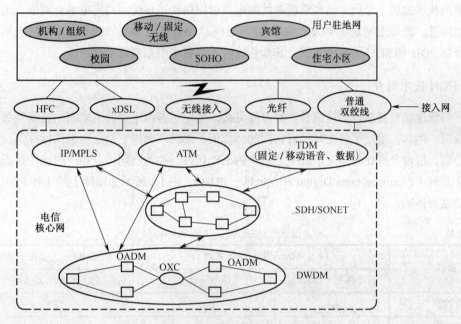

图 1.2 用户网、接入网和核心网之间的关系

通常，核心网又分为交换网和传输网，其关系如图 1.3 所示。

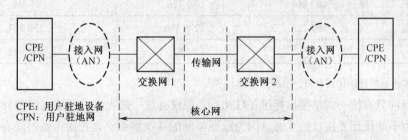

图 1.3 交换网和传输网的关系

交换网是指由各种交换设备构成的系统，如由程控交换机构成的交换网、ATM 交换机构成的交换网以及软交换网络。

传输网是在不同地点之间传递用户信息的网络的物理资源，即基础物理实体的集合。传输网的描述对象是信号在具体物理介质中传输的物理过程。传输网主要是指由具体设备所形成的实体网络，如 SDH 传输网、WDM 传输网以及微波传输网等。

由此可见，无论从哪个角度考量，传输网在整个电信网中均处于非常重要的地位，有电信网的"大动脉"之称。需要注意的是，传输网在物理上由传输介质和传输设备构成；本课程讨论的重点在于传输设备，传输介质是通信线路课程所讨论的问题。

1.1 任务一 认识公共传输网络

1.1.1 任务准备

传输网技术发展，经历了已经逐渐淘汰的电通信网络和正在使用的光电混合网络，正加速向全光网络迈进。光传送网是在 PDH、SDH 光传送网和 WDM 光纤系统的基础上发展起来的。本篇主要介绍 PDH 和 SDH 的基础知识，其他传输技术将在本书第四篇中介绍。

1. PDH 技术简介

为了将低速信号复接成高速信号，并方便复接，规定了各信道比特流之间的速率等级标称值和容差范围。例如，规定了各主时钟有共同的标称值，同时不允许它们之间偏离标称值，即不超过容差范围。这种允许比特偏差但几乎是同步的工作状态，称为准同步。相应的比特系列称为准同步数字系列（Plesiochronous Digital Hierarchy，PDH）。表 1.1 所示为国际上的 3 种 PDH，中国采用的是欧洲体制。

表 1.1　　　　　　　　　　　国际上允许存在的 3 种 PDH

次群	以 1.5Mbit/s 为基础的系列		以 2Mbit/s 为基础的系列
	日本体制（kbit/s）	北美体制（kbit/s）	欧洲体制（kbit/s）
0 次群	64	64	64
1 次群	1 554	1 554	2 048
2 次群	6 312	6 312	8 448
3 次群	32 064	44 736	34 368
4 次群	97 728	274 176	139 264
5 次群	*	*	564 992

（*注：日本体制的应用比较有限，不再列举。）

另外，目前只有统一的电接口标准（G.703），而没有统一的光接口标准，即使同一准同步复接体制中，也不能保证光接口的互通。同为欧洲体制的 4 次群系统，光接口就可能有几种。光信号的码型、码率都不相同时很难互通，只有通过光电变换将光接口转换为电接口后才能保证互通。这就增加了网络成本，影响了光纤系统的互联，与目前光纤通信飞速发展的形势不符。如今，PDH 系统已经从主干网上退出，而在接入网侧 PDH 仍有部分使用。实际的应用中，虽然每端 PDH 设备所传业务不多，但都是银行、政府等重要部门的业务。所以为了提高网络的服务质量、安全性和可维护性，将原有的 PDH 网络升级改造成集中可监控 PDH 网络，对 PDH 设备进行集中监控和管理，以方便对设备运行情况的了解和对故障的处理，优化网络结构，提高网络使用率。

2. SDH 技术简介

同步数字体系（Synchronous Digital Hierarchy，SDH）是一种将复接、线路传输及交换功能融为一体，并由统一网管系统操作的综合信息传送网络，是美国贝尔通信技术研究所提出来的同步光网络（SONET）。国际电报电话咨询委员会（CCITT，现 ITU-T）于 1988 年接受了 SONET 概念，并将其重新命名为 SDH，使其成为不仅适用于光纤，也适用于微波和卫星传输的通用技术体制。它可实现网络有效管理、实时业务监控、动态网络维护、不同厂商设备间的互通等多项功能，能大大提高网络资源利用率，降低管理及维护费用，实现灵活可靠和高效的网络运行与维护，是当今世界信息领域在传输技术方面的发展和应用的热点，受到人们的广泛重视。

3. 基于 SDH 技术传送网的特点

① 使 1.5Mbit/s 和 2Mbit/s 两大数字体系（3 个地区性标准）在 STM-1 等级上获得统一。今后数字信号在跨越国界通信时，不再需要转换成另一种标准，第一次真正实现了数字传输体制的世界性标准。

② 采用了同步复用方式和灵活的复用映射结构。各种不同等级的码流在帧结构净负荷内的排列是有规律的，而净负荷与网络是同步的，因而只须利用软件即可使高速信号一次直接分插出低速支路信号，即所谓的一步复用特性。

③ SDH 帧结构中安排了丰富的开销比特，因而使网络的 OAM 能力（如故障检测、区段定位、端到端性能监视等）大大加强。

④ SDH 具有完全的后向兼容性和前向兼容性。

⑤ SDH 网具有信息净负荷的透明性，即网络可以传送各种净负荷及其混合体而不管其具体信息结构如何。

⑥ 由于将标准光接口综合进各种不同的不少网元，减少了将传输和复用分开的需要，从而简化了硬件，缓解了布线拥挤。例如，网元有了标准光接口后，光纤可以直接通到 DXC，省去了单独的传输和复用设备以及又贵又不可靠的人工数字配线架。此外，有了标准光接口信号和通信协议后，光接口成为开放式接口，还可以在基本光缆段上实现横向兼容，满足多厂家产品环境要求，使网络成本节约 10% ~ 20%。

⑦ 由于用一个光接口代替了大量的电接口，因而 SDH 网所传输的业务信息可以不必经由常规准同步系统所具有的一些中间背靠背电接口，而直接经光接口通过中间节点，省去了大量相关电路单元和跳线光缆，使网络可用性和误码性能都获得改善。而且由于电接口数量锐减，导致运行操作任务的简化及备件种类和数量的减少，使运营成本减少 20% ~ 30%。

⑧ SDH 信号结构的设计已经考虑了网络传输和交换应用的最佳性，因此在电信网的各个部分（长途、中继和接入网）中都能提供简单、经济和灵活的信号互连及管理，使得传统电信网各个部分的差别正在渐渐消失，彼此的直接互连变得十分简单和有效。此外，由于有了唯一的网络节点接口标准，因而各个厂家的产品可以直接互通，使电信网最终工作于多厂家产品环境并实现互操作。

上述特点中最核心的有 3 条，即同步复用、标准光接口和强大的网管能力。当然，SDH 也有它的不足之处。

① 频带的利用率不如传统的 PDH 系统。以 2.048Mbit/s 为例，PDH 的 139.264Mbit/s 可以收容 64 个 2.048Mbit/s 系统，而 SDH 的 155.520Mbit/s 却只能收容 63 个 2.048Mbit/s 系统，频带利用率从 PDH 的 94% 下降到 83%；以 34.368Mbit/s 为例，PDH 的 139.264Mbit/s 可以收容 4 个系统，而 SDH 的 155.520Mbit/s 却只能收容 3 个，频带利用率从 PDH 的 99% 下降到 66%。上述安排可以换来网络运用上的一些灵活性，但毕竟降低了频带利用率。

② 采用指针调整机理增加了设备的复杂性。以一个复用映射支路为例，容器和虚容器电路加上指针调整电路，以及 POH 和 SOH 插入功能，共需 6 万～7 万个等效门电路。好在采用亚微米超大规模集成电路技术后，成本代价不算太高。

③ 由于大规模采用软件控制以及将业务量集中在少数几个高速链路和交叉连接点上，软件几乎可以控制网络中的所有交叉连接设备和复用设备。这样，在网络层上的人为错误、软件故障乃至计算机病毒的侵入均可能导致网络的重大故障，甚至造成全网瘫痪。为此必须仔细地测试软件，选用可靠性较高的网络拓扑。

1.1.2　操作　认识公共传输网络

下面给出公共传输网络相关操作的任务工单，如表 1.2 所示。

表 1.2　　　　　　　　　　　任务工单 1-1

项目名称	认识传输网络						
工作任务	认识公共传输网络						
任务内容	① 到某电信运营商参观其电信网络 ② 主要弄清楚网络的整体结构，特别是传输网络的地位、作用及与其他网络的联系 ③ 分组讨论，整理资料，并完成任务工单						
工作要求	① 保障人身安全和设备安全，不要乱动在运行的设备 ② 在运营商的技术人员介绍整个网络的结构时，要求做好笔记 ③ 对参观过程中遇到的各种疑问，积极主动地向技术人员寻求解答						
专业班级	组号		组员				
		学号					
		姓名					
任务执行情况记录（包括执行人员分工情况、任务完成流程与情况、任务执行过程中所遇到的问题及处理情况）							
参观报告	不少于 1 000 字，要求体现如下内容 ① 机房工作人员的岗位职责、工作内容和工作要求 ② 电信网络的整体结构 ③ 传输网络的整体结构 ④ 传输网络的地位、作用及与其他网络的联系 ⑤ 本次任务的收获和体会（打印后提交，可自行调整幅面）						
组长签字			完成时间				

1.2 任务二 认识专用传输网络

1.2.1 任务准备

1. 铁路通信网传输技术

铁路通信网是保证铁路行车安全、提高运输效率的有力工具。随着铁路建设与运营的发展，我国铁路引入了现代通信技术，在传输领域主要有以下技术。

（1）SDH 传输技术

SDH 是取代 PDH 的新数字传输网体制，主要针对光纤传输，是在 SONET 的标准基础上形成的。它把信号固定在帧结构中，复用后以一定的速率在光纤上传送。SDH 是在电路层上对信号进行复用和上下。当带着信号的光纤通过 ODF（光纤分配架）进入 ADM 时，信号必须通过 O/E 转换和设备上的支路卡才能构成 2Mbit/s 的基本电信号，并经过通信电缆和 DDF（数字配线架）接到用户接口或基站 BTS（基站收发信机）。

（2）ATM 网络传输技术

ATM（异步传输模式）是一种基于信元的交换和复用技术，即一种转换模式。在这一模式中，信息被组织成信元。它采用固定长度的信元传输声音、数据和视频信号。每个信元有 53 字节，开头的 5 字节为信头，用以传输信元的地址和其他一些控制信息，后面的 48 字节用以传输信息。利用标准长度的这种数据包，通过硬件实现数据转换，这比软件更快速、经济、便宜。同时，ATM 工作速度有很大的伸缩性，在光缆上可以超过 2.5Gbit/s。

在网络传输中，为了使多个用户共享高速线路，通常采用时分复用方式。时分复用方式又可分为同步传输模式和异步传输模式。在数字通信中通常采用同步传输模式，这种传输模式把时间划分为一个个相等的片段，称为时隙。一定量的时隙组成一个帧，一个信道在一个帧里占用一个时隙，一个用户占用一个或多个信道。而在异步传输模式中，各终端之间不存在共同的时间参考，各个时隙没有固定的占用者。在 ATM 中时隙有固定的长度而且比较短，一个时隙传输一个信元，每一个信元相当一个分组。各信道根据业务量的大小和排列规则来占用时隙，信息量大的信道占用的时隙多。

（3）MSTP 传输技术

MSTP（多业务传送平台）依托于 SDH 平台，可基于 SDH 多种线路速率实现，包括 155Mbit/s、622Mbit/s、2.5Gbit/s 和 10Gbit/s 等。一方面，MSTP 保留了 SDH 固有的交叉能力和传统的 PDH 业务接口与低速 SDH 业务接口，继续满足 TDM 业务的需求；另一方面，MSTP 提供 ATM 处理、以太网透传、以太网二层交换、RPR 处理、MPLS 处理等功能来满足对数据业务的汇聚、梳理和整合的需求。

（4）WDM 传输技术

WDM（波分复用）或 DWDM（密集波分复用）是在光纤上同时传输不同波长信号的技术，其主要过程是将各种波长的信号用光发射机发送后复用在一根光纤上，在节点处再对耦合的信号进行解复用。WDM（或 DWDM）系统在信号的上下中既可以使用 ADM、DXC，也可以使用全光的 OADM 和 OXC。WDM（或 DWDM）是基于光层上的复用，它和 SDH 在电层上的复用有着很大的区别。同时，通过 OADM 进行光信号的直接上下，无需经过 O/E 转换，而拥有 EDFA 的 WDM（或 DWDM）可以进行较长距离的光传输而不需要光中继。

从上面的描述可知，现行铁路专用通信网中传输部分所采用的技术与公网类似，但是在城市轨道交通如地铁、城市轻轨等系统的通信网中，采用了一些专用的传输技术（如 OTN），该内容详见本书第四篇。

2．广电通信网络

某地区广电通信网络及其传输系统结构如图 1.4 和图 1.5 所示。由图可知，现行广电通信网络中，传输技术也已经与公共传输网络接轨，即采用了 SDH 和 WDM 技术的组合。因此，本课程的后续篇章主要围绕 SDH 这一主流传输技术展开。

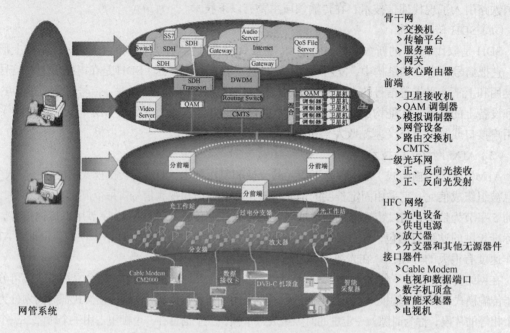

图 1.4　广电通信网络结构图

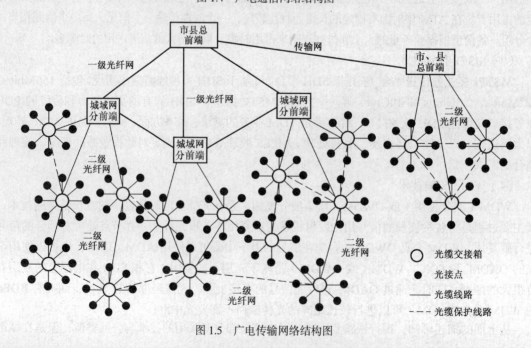

图 1.5　广电传输网络结构图

1.2.2 操作 认识专用传输网络

下面给出专用传输网络相关操作的任务工单,如表 1.3 所示。

表 1.3   任务工单 1-2

项目名称	认识传输网络					
工作任务	认识专用传输网络					
任务内容	① 参观某专用通信系统的网络 ② 主要弄清楚网络的整体结构,特别是传输网络的地位、作用及与其他网络的联系 ③ 分组讨论,整理资料,并完成任务工单					
工作要求	① 保障人身安全和设备安全,不要乱动在运行的设备 ② 在技术人员介绍整个网络的结构时,要求做好笔记 ③ 对参观过程中遇到的各种疑问,积极主动地向技术人员寻求解答					
专业班级	组号	组员				
		学号				
		姓名				
任务执行情况记录 (包括执行人员分工情况、任务完成流程与情况、任务执行过程中所遇到的问题及处理情况)						
参观报告	不少于 1 000 字,要求体现如下内容 ① 机房工作人员的岗位职责、工作内容和工作要求 ② 专用网络的整体结构 ③ 传输网络的整体结构 ④ 传输网络的地位、作用及与其他网络的联系 ⑤ 总结归纳其与公用传输网络的异同 ⑥ 本次任务的收获和体会(打印后提交,可自行调整幅面)					
组长签字		完成时间				

1.3 项目小结

本项目主要介绍传输网络在通信网中的作用、传输网络的发展历程以及传输网络的具体应用。重点讲述 SDH 的技术特点,为后面的 SDH 网络的具体应用打下基础。

重点:传输网络在通信网的作用、SDH 与 PDH 相比较的优缺点。

难点:公网与专用网络的区别。

习　题

1. 画出公用电信网的结构，并简述各部分的功能。
2. 简述 PDH 三大标准各自的速率等级，并总结 PDH 的缺陷。
3. 简述 SDH 的优缺点。
4. 专用通信系统中常用的传输技术有哪些?

第 二 篇

组建传输网络

学习目标

1. 了解传输系统如何搭建。

2. 学习网管系统的安装。

3. 学习系统单板的配置。

项目二
搭建传输系统

2.1 系统基础

　　信息的传递需要传输系统来承载。因此，我们首先要了解传输系统的组成。传输网络主要是由传输线路和传输网络节点组成的。那么，传输网络节点又是什么？网络节点具体又有什么作用？

2.1.1　SDH 网元特点

　　所谓网元，即网络单元，也可称为网络节点（这里的网络特指 SDH 传输网）。

　　网元是组成 SDH 传输网的一个重要部分。SDH 传输网是由网络单元和连接网络单元的传输介质组成的。

　　SDH 网元的作用是实现业务的上/下、转接、分插复用、运行维护管理等。

　　SDH 传输网中有 4 种常见网元，分别为终端复用器（TM）、分插复用器（ADM）、数字交叉连接设备（DXC）和再生中继器（REG）。

1. 终端复用器

　　终端复用器（TM）位于传输网络的终端，如图 2.1 所示。

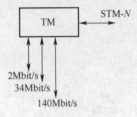

图 2.1　终端复用器（TM）

由图 2.1 可知，该设备可将多路低速信号（一般称为支路信号，这些信号有 PDH 信号或低于线路 STM-N 速率的 SDH 信号）汇聚到线路信号 STM-N 中。此外，它还可以从线路传输来的 STM-N 信号中分解出支路信号（即分出 PDH 信号、低速 SDH 信号）。这样的汇聚和分解功能一般称为复用/解复用功能。也可以这么理解，它位于网络终端，又有复用功能，所以称为终端复用器。

需要注意的是，这种设备的线路端口只能有一个，即只能输入/输出一路线路 STM-N 信号（一般是东向线路或是西向线路信号）。也就是说，它可以将支路中 1 个或多个 34Mbit/s 的信号复用到线路上 1 个 STM-4 中任一位置。（1 个 STM-4 信号可承载 12 个 34Mbit/s 信号，这 12 个 34Mbit/s 在 STM-4 中的位置是可排列的，而这个塞入的 34Mbit/s 信号可安排放在 12 个 34Mbit/s 位置中的任意一处。）这正是终端复用器的复用功能。

同理，它又可将 1 路线路 STM-4 信号中分出支路 34Mbit/s 信号，即在接收端，将所要处理的 34Mbit/s 从 STM-4 信号中取出来。

下面我们通过组装货物的例子，对此做进一步的说明。如将上面所提到的低速 34Mbit/s 信号比作要组装的货物。我们把这个货物送到终端复用器里，终端复用器则会把这个货物进行打包，并同其他路送过来的低速支路信号一起打包，然后送到线路中传输出去。线路里传输的信号就是打包好的 STM-N 信号。

如果是只有两个终端复用器的链状网，在传送到另一端时，要把货物取出来。这时，另一端的终端复用器就负责将原来打包好的货物拆开，从货物中取出低速的支路信号，将 34Mbit/s 送到用户终端。

所以，可以这么理解，终端复用器就是负责将多路支路信号打包变成一路线路信号，或者是将一路线路信号拆分变为多路支路信号的设备。它位于传输网络的终端，是终端节点设备。

2. 分/插复用器

分/插复用器（ADM）位于 SDH 传输网络的中端，主要用于业务的转接。所谓中端，可以是一条传输链网的中间站，也可以是一个环网上的节点，但这里并不是特指传输线路的中间部位，其模型如图 2.2 所示。

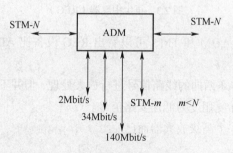

图 2.2　分/插复用器（ADM）

下面将 ADM 与 TM 进行比较。

根据图 2.1 和图 2.2，观察 ADM 与 TM 的区别是什么。

TM 只有一路线路信号，而 ADM 有两路线路信号，就因这一区别，ADM 的功能要比 TM 更强大，利用率也更高。

按照上面所分析的 TM 的作用，ADM 也可以对信号进行分/插复用，但它是可以将两个方向的 STM-N 线路信号分别分解出多路支路信号（如将 STM-4 的线路信号分出 2Mbit/s 的支路信号，或分出 STM-1 信号）。

另外，ADM 还可以将多路低速的支路信号汇聚到两个方向的 STM-N 线路信号上（如将 2Mbit/s 的支路信号汇聚到 STM-4 中，或将 STM-1 信号汇聚到 STM-4 中）。

当然，除此之外，ADM 还有一个功能，即可以对东西两个方向的线路信号进行交叉连接。所谓交叉连接，举个例子就是将东向过来的线路信号连接到西向。例如，东向过来的线路信号是 STM-4，一个 STM-4 可以由 4 个 STM-1 组成，而西向的线路信号也是 STM-4，也是由 4 个 STM-1 组成。这样的话，经过 ADM，可以将东向过来的 4 个 STM-1 信号与西向过来的 4 个 STM-1 信号进行交叉连接。

综上所述，ADM 的作用较之 TM 的作用，有以下几个方面的提升。

第一，多了一路线路信号。从支路上来的信号可分别复用到两路不同的线路信号中，而从两路不同的线路信号进入 ADM 又可分解出多路支路信号。

第二，ADM 可对两路不同的线路信号进行交叉连接。

于是，ADM 能处理的信号比 TM 多了一路。它能做的连接就多出了好几个。

ADM 的多个功能，使得它在 SDH 传输网中扮演着十分重要的角色。

3．再生中继器

光传输网的再生中继器（REG）主要有两种：一种是直接对光信号进行处理的再生中继器，主要对光信号进行功率放大，从而达到增加传输距离的目的；另一种是光—电—光再生中继器，主要是对线路上传过来的光信号进行光/电转换，然后对电信号进行放大整形处理，再把放大后的电信号转换成光信号，送到线路中传输。

图 2.3 所示即光—电—光再生中继器。

STM-N REG   STM-N

图 2.3 再生中继器（REG）

观察这个 REG 设备与 ADM 和 TM，可以看出 REG 设备比 ADM 设备少了那些上/下支路信号。

也就是说，REG 可以将东西向的线路信号进行放大处理，但并不能对东西向线路信号进行交叉连接，也不能将它们分插/复用变为低速支路信号。

简单地说，REG 就是一个高级放大器而已。

4．数字交叉连接设备

数字交叉连接设备（DXC）主要作用是将多路 STM-N 信号进行交叉连接，所以它有多个线路端口，如图 2.4 所示。

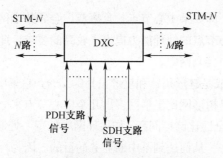

图 2.4 数字交叉连接设备（DXC）

当然，DXC 还可以上/下低速支路信号。支路信号包括 PDH 信号和 SDH 信号。同样可以将各路 STM-N 线路信号分解为支路信号，也可将支路信号复用进 STM-N 线路信号中。同时，它还可以对各路线路信号进行交叉连接，即可实现 N 路 STM-N 信号与 M 路 STM-N 信号的交叉连接。它的交叉连接能力比 ADM 的交叉连接能力要强。

对于 DXC，我们通常用 DXC x/y 来表示其不同的配置性能（$x \geq y$）。x 表示接入端口的最高速率等级，y 表示参与交叉连接的最低速率等级。其中，数字 1～4 分别表示 PDH 系列中的 1～4 次群速率，即分别表示 2Mbit/s、8Mbit/s、34Mbit/s、140Mbit/s 速率。同时，数字 4 也可表示 STM-1 的速率，数字 5 表示 STM-4 的速率，数字 6 表示 STM-16 的速率，如表 2.1 所示。

表 2.1 数值与速率对应表

x 或 y	1	2	3	4	5	6
速率	2Mbit/s	8Mbit/s	34Mbit/s	140Mbit/s 155Mbit/s	622Mbit/s	2.5Gbit/s

如 DXC 5/1 表示接入端口最高速率为 622Mbit/s，而交叉连接的最低速率为 2Mbit/s。

由此可见，DXC 的功能比之前所介绍的 TM、ADM、REG 都要多，综合了以上三者的功能。

在实际应用的过程中，很多 ADM 都集成了 DXC 的功能。也就是说，有些厂家将 DXC 和 ADM 集成到一起。例如，中兴的 S380 设备，它既可以作为 ADM 使用，也可以作为 DXC 使用，或作为 REG 使用。

具体的设备可以由不同的设备单板来匹配不同的功能，从而充当不同的网元。

在介绍了以上 4 种网元的功能之后，下面介绍这些网元是怎么构成不同的传输网络的，以及常用的传输网络到底有哪些，它们又各有什么特点。

2.1.2 基本拓扑结构

SDH 网是由传输网元和传输线路组成的。这些传输网元（即 TM、ADM、REG、DXC）通过传输线路相互连接构成了传输网。它们连接的方式不同，就构成了不同的传输网络。这些传输网络的结构称为网络拓扑结构。传输网络拓扑结构直接反映传输网的物理连接方式。

网络拓扑的基本结构有链形、星形、树形、环形和网孔形，如图 2.5 所示。

① 链形网。链形网的特点是结构简单，管理方便，成本低。

② 星形网。星形网的特点是管理集中，可通过中心节点来统一管理其他几个分节点。但这种

拓扑结构有一个致命的缺点，即如果中心节点一旦瘫痪，会导致全网瘫痪。也就是说，它存在着中心节点安全问题。这对中心节点的处理能力提出了较高的要求。此种拓扑结构主要适用于广播型的网络，用于本地网或用户接入网中。

③ 树形网。树形网可看成是链形拓扑和星形拓扑的结合，它集中了这两者的特点。但也存在着中心节点的安全问题，只是树形网比星形网多出几个中心节点来分担业务。

④ 环形网。环形网的安全性比链形网高。如果环网中任意一处通信业务中断，它可以寻找另一个路由重新将业务传输出去，从而达到不中断业务的目的。因为环形网的安全可靠性比链形网强，它的应用也很广，常用于本地网中。

⑤ 网孔形网。网孔形网中，两点间的路由要比环形网、链形网的路由多。也就是说，它的安全可靠性要比环形网、链形网高。但这种网络拓扑结构复杂，成本高。网孔形网主要用于长途网或者业务容量较大的骨干网中。

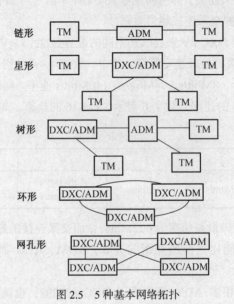

图 2.5　5 种基本网络拓扑

2.1.3　网络的分层结构

之所以 SDH 比 PDH 具有更多的优越性，不仅仅在于它自身的一些特点，还在于它在网络结构上的进步。SDH 的建网思路跟传统网络不同，因为 SDH 具有强大的运营、维护、管理（OAM）能力，它的网络结构更加简单，并且考虑到新业务的应用，SDH 传输网以高效、方便、快捷传输为准则。SDH 传输网的分层模型如图 2.6 所示。

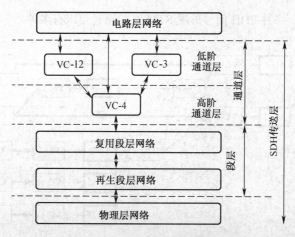

图 2.6 SDH 传输网的分层模型

2.2.1 任务准备

在执行任务前，需要做的准备工作如下。

① 了解中兴、华为设备结构特点。

② 掌握链形网的组成结构，掌握设备连接方法。

③ 掌握 2Mbit/s、34Mbit/s、140Mbit/s 业务所使用的信号如何复用成 STM-1 信号以及信号传输的流程。

1. SDH 复用结构和步骤

SDH 的复用过程有两种：一种是低阶 SDH 信号复用成高阶 SDH 信号（如 STM-1 复用成 STM-4）；另一种是 PDH 低速支路信号复用成 SDH 信号 STM-N（如 2Mbit/s 信号复用成 STM-1）。

第一种是利用字节间插的方式，复用的基数都是 4。如将 4 个 STM-1 复用成一个 STM-4，或者将 16 个 STM-1 复用成一个 STM-16。因为所有同步数字系列的帧周期都保持 125μs 不变，即帧频率保持 8 000 帧/秒，从低级别 STM-N 复用为高级别 STM-N 时，速率变化倍数为 4 的整数倍，如 STM-4 的速率是 STM-1 的 4 倍。

第二种，PDH 低速支路信号复用成 SDH 信号 STM-N。该过程可统一归为 3 个步骤：映射、定位、复用。

ITU-T 规定了一整套完整的复用映射定位结构（也就是规定了低速 PDH 信号如何一步步形成 SDH 信号的路径），通过这些路径可将 PDH 的几个不同系列的低速数字信号以多种不同的方法复用成 SDH 高速 STM-N 信号。ITU-T 规定的复用路线如图 2.7 所示。

图 2.7 中，以 C 开头的是容器，以 VC 开头的是虚容器，以 TU 开头的是支路单元，以 TUG 开头的是支路单元组，以 AU 开头的是管理单元，以 AUG 开头的是管理单元组。它们后面的标号表示此单元的信号级别。

由图 2.7 可以看出，一种 PDH 信号形成 STM-*N* 的路径可以有多种。

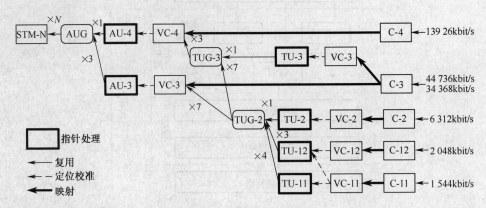

图 2.7　G.709 复用映射结构

我国采用的是 2Mbit/s 为基群的准同步数字系列，在 G.709 复用映射结构基础上规定了一套专用的复用映射结构，如图 2.8 所示。

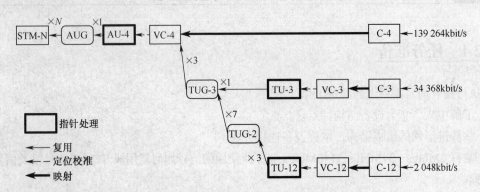

图 2.8　我国采用的 SDH 复用映射结构示意图

2. 2Mbit/s 形成 STM-*N* 信号

① 2Mbit/s 的 PDH 信号经过速率适配调整，打包成容器 C-12 的结构。一般来说，会将 4 个 C-12 基帧复合成为一个复帧。C-12 的基本结构是 9 行×4 列少两个字节，如图 2.9 所示。

② 为了监控 C-12 的运行情况，要在 C-12 中加一个通道开销字节，形成虚容器 VC-12。所加的通道开销占一个字节。所以 VC 的结构为 9 行×4 列少一个字节，如图 2.10 所示。

图 2.9　C-12 信息结构　　　　　　图 2.10　VC-12 信息结构

③ 接着，在 VC-12 上再增加一个字节的支路单元指针 TU-PTR，形成支路单元 TU-12。其结

构为 9 行×4 列，如图 2.11 所示。

④ 将 3 个 TU-12 经过字节间插复用成支路单元组 TUG-2,帧结构变为 9 行×12 列,如图 2.12 所示。

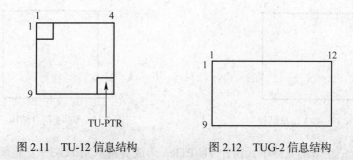

图 2.11　TU-12 信息结构　　　　　图 2.12　TUG-2 信息结构

⑤ 7 个 TUG-2 经过字节间插复用,再加上塞入字节,形成支路单元组 TUG-3。因为 7 个 TUG-2 是 9 行×84 列,但国际规定的 TUG-3 的信息结构是 9 行×86 列,所以还要加入两列的塞入字节,如图 2.13 所示。

⑥ 将 3 个 TUG-3 复用成虚容器 VC-4。3 个 TUG-3 是 258 列,再加上一列的高阶通道开销和两列塞入字节,形成 9 行×261 列,如图 2.14 所示。

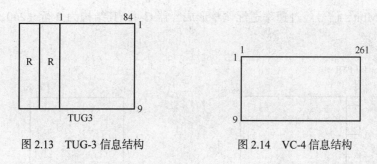

图 2.13　TUG-3 信息结构　　　　　图 2.14　VC-4 信息结构

⑦ VC-4 加上一行 9 字节的管理单元指针 AU-PTR,形成管理单元 AU-4,如图 2.15 所示。

⑧ 一个 AU-4 组成管理单元组 AUG,其信息结构不变。

⑨ 一个 AUG 加上段开销,形成 STM-1。N 个 STM-1 形成 STM-N。STM-1 信息结构如图 2.16 所示。

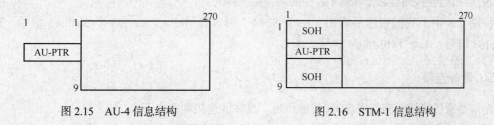

图 2.15　AU-4 信息结构　　　　　图 2.16　STM-1 信息结构

3. 34Mbit/s 形成 STM-N 信号

① 由图 2-8 可知,34Mbit/s 信号先封装成容器 C-3 的信息结构。这相当于把信息进行打包封装成了一个 9 行 84 列的箱子,如图 2.17 所示。

② 接下来，C-3 加上一列的开销字节，形成虚容器 VC-3。开销字节是用于监视 C-3 信息字节传送情况，相当于封装箱中的监视器，如图 2.18 所示。

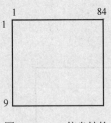

图 2.17 C-3 信息结构

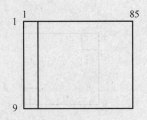

图 2.18 VC-3 信息结构

③ VC-3 加上三字节的支路单元指针 TU-PTR，形成支路单元 TU-3。支路单元指针是指示定位 VC-3 在 STM-*N* 中的位置的。这可相当于封装箱中的定位器，如图 2.19 所示。

④ TU-3 加入 6 个塞入字节，将封装箱装满，形成支路单元组 TUG-3，即图 2.13 所示的结构。

⑤ 由图 2.8 可知，接下来信息结构的变换路径跟 2Mbit/s 的变换是一样的。

4. 140Mbit/s 形成 STM-*N* 信号

① 139.264Mbit/s 信号经过速率适配调整形成容器 C-4，其结构为 9 行 × 260 列，如图 2.20 所示。

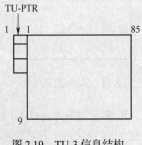

图 2.19 TU-3 信息结构

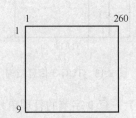

图 2.20 C-4 信息结构

② C-4 容器加上一列高阶通道开销，形成 VC-4，其结构为 9 行 × 261 列，如图 2.14 所示。

③ 后面的变换路径跟 2Mbit/s 的变换路径是一样的。

从图 2.8 中，我们很容易看出，一个 STM-1 可以容纳 3 × 7 × 3=63 个 2Mbit/s 信号、3 个 34Mbit/s 信号、1 个 140Mbit/s 信号。

5. 设备连接

光信号通过光缆线路接进 SDH 传输机房。具体的连接顺序如下。

光信号：光缆线路→光缆接续盒→ODF→尾纤→传输设备。

电信号：传输设备→电缆（如 2Mbit/s 线）→DDF→交换机或其他 PCM 设备。

连接好设备后，要对设备进行监控，还需安装网管系统。先将网管软件安装在相应的操作计算机上。从计算机主机连线到需要监控的设备网管接口上，对设备进行开局设置。如果设备与其他设备一起连在一个传输网络中，该网管主机可通过该设备监控传输网络中其他设备。

2.2.2 操作一 华为设备连接

1. 搭建传输系统

搭建传输系统任务工单如表 2.2 所示。

表 2.2   任务工单 2–1

项目名称	搭建传输系统						
工作任务	华为设备连接						
任务内容	① 利用现有华为设备搭建一个链形传输网络 ② 根据实际设备情况在网管上设计出拓扑图并配置单板						
工作要求	① 认识实验室中的华为传输设备，记录下设备型号，设备单元组成 ② 利用 ODF、DDF 及连接跳线完成网元间的连接 ③ 画出设备连接图						
专业班级	组号	组员					
		学号					
		姓名					
任务执行情况记录 （包括执行人员分工情况、任务完成流程与情况、任务执行过程中所遇到的问题及处理情况）							
组长签字		完成时间					

2. 考核标准

考核标准如表 2.3 所示。

表 2.3   考核标准

考核方面	考核要点及分值分配	得分情况
专业知识	1. 链形网络拓扑结构特点（10 分）	
	2. 链形网络拓扑的应用场合（10 分）	
职业能力	1. 能否按照要求搭建链形网（20 分）	
	2. 是否按要求配置业务（20 分）	
职业素质	1. 是否按照流程操作（10 分）	
	2. 所核对的他人数据是否正常（10 分）	
	3. 是否按要求做好记录（10 分）	
	4. 工作完成后是否清理现场（10 分）	

3. 操作指导

步骤一：利用现有设备，设计相应链形拓扑结构，用尾纤连接好各设备光接口，尾纤连到 ODF 上，通过 ODF 再到光纤终端盒，出到光缆线路中（若只是机房内的连接，则直接用尾纤连接好相应设备；若光功率过大，注意加衰减器）。

步骤二：将一个 PCM 设备或交换设备连接到华为 SDH 板的业务接口上。

① 在接线区确定接口板和 PCM 端口的收端和发端。

② 用跳线将接口板的收端接到 PCM 的发端，接口板的发端接到 PCM 的收端。

③ 观察接口板或 PCM 面板灯是否有告警，没有告警则表示已连接正常。

步骤三：将华为设备网络节点与网管设备连接好，并在网管界面上进行相应配置。

① 创建网元。单击鼠标右键，选择"新建→拓扑对象"。在"创建拓扑对象"对话框中根据实际设备情况设置相应网元的信息，如图 2.21 所示。

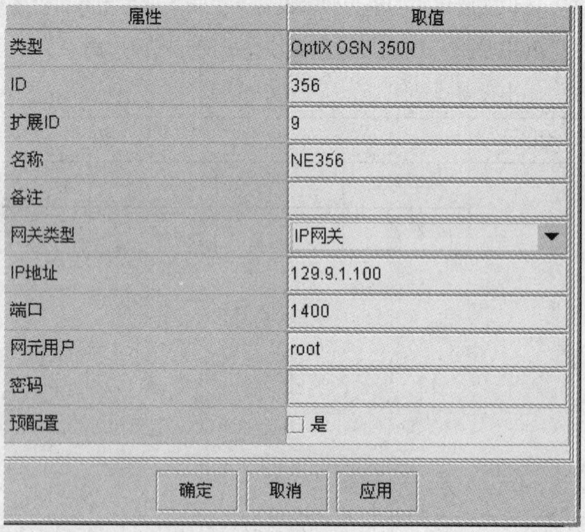

属性	取值
类型	OptiX OSN 3500
ID	356
扩展ID	9
名称	NE356
备注	
网关类型	IP网关 ▼
IP地址	129.9.1.100
端口	1400
网元用户	root
密码	
预配置	□ 是

确定　　取消　　应用

图 2.21　创建网元

② 增加单板。在主视图上双击需要添加单板的网元，弹出"网元配置向导"对话框，选择"手工配置"；单击需要增加单板的槽位选择单板类型，直到所有单板都创建完毕。

③ 增加链接。选择"视图→保护视图"，选择"保护子网→创建→无保护链"。输入保护名称及容量级别（注意与实际链状网容量相对应）、选择"按照 VC4 划分"；回到保护视图，双击网元，单击"下一步"进入"链路选择"对话框。

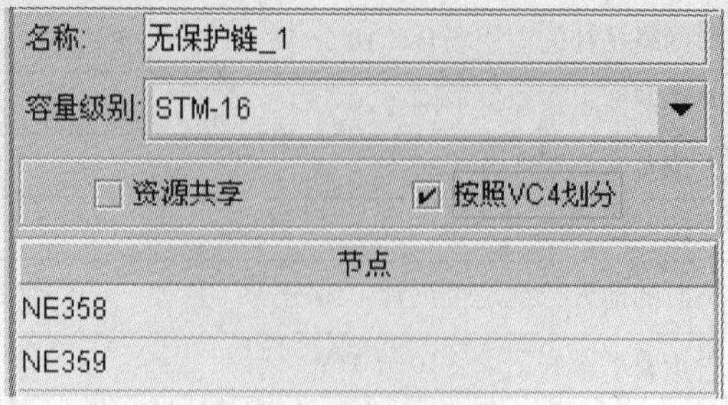

名称：	无保护链_1
容量级别：	STM-16 ▼

□ 资源共享	☑ 按照VC4划分

节点
NE358
NE359

图 2.22　链路选择

2.2.3 操作二 中兴设备连接

1. 任务工单 2-2

参考华为设备连接任务工单 2-1。

2. 考核标准

参考华为设备连接考核标准。

3. 操作指导

步骤一、步骤二同华为设备连接的步骤。

步骤三：将中兴设备网络节点与网管设备连接好，并在网管上进行相应配置。

① 创建网元。在客户端操作窗口中，选择"设备管理→创建网元"选项。根据实际设备设置网元 ID、IP 等属性，如图 2.23 所示。

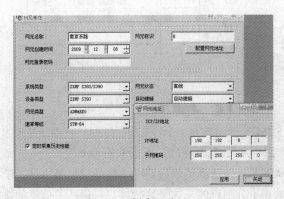

图 2.23 创建网元

② 配置单板。双击网元，弹出单板管理对话框，根据实际设备单板安装情况配置各单板。

③ 连接网元。选中所有网元，选择"设备管理→公共管理→网元间连接配置"，在弹出的网元间连接配置对话框中分别根据实际连接情况选择源网元与目的网元，建立两个网元间的双向连接，如图 2.24 所示。

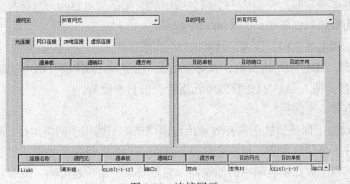

图 2.24 连接网元

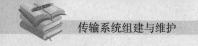
2.3 任务二 建立环形拓扑结构传输网络

2.3.1 任务准备

1. SDH 帧结构

STM-N 信号是由各支路信号或低速 STM-N 信号组成的。多个低速支路信号是如何排列的呢？接下来，我们先学习 SDH 帧结构。

SDH 的帧结构定义了信号在 STM-N 中的排列方式。

ITU-T 规定，STM-N 帧结构是以字节为单位的块状帧。其中，每个字节 8bit，如图 2.25 所示。

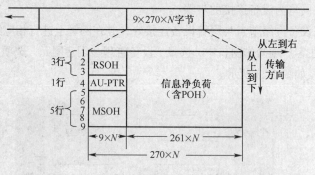

图 2.25 STM-N 的帧结构

由图 2.25 可知，STM-N 帧结构是 9 行 ×270×N 列。其中，N 与 STM-N 中的 N 数值一致。不论 N 取何值，帧结构中的行数是不变的，永远取值为 9。

那么，这样的块状帧是如何送到传输线路中传输的呢？是不是一整块地传输呢？

要实现一整块传输是十分困难的。这个块状帧只是说明了信息的排列方式。而要把这个帧传输出去，就必须按照一定的顺序来进行。

这个传输顺序为：从第一行开始，先传第 1 行第 1 个字节第 1 个比特，再接着传第 2 个比特，直到传完这个字节的 8 个比特。接下来，传第 1 行第 2 个字节的 8 个比特，然后传第 3 个字节……直到传完第 1 行的所有字节。接着再传第 2 行第 1 个字节……依此类推，直到传完第 9 行的最后一个字节。所以，它的传输是从左到右、从上往下传输的。

不论传输的是多少字节，只要传一个帧，所用的时间都为 125μs，这就是它的帧周期。帧周期固定不变，故而帧频率也不变，为 8 000 帧/秒。

由这些数据，根据帧结构，读者可计算 STM-1 的速率。

由图 2.25 可知，SDH 帧结构是由 3 大部分组成。分别为 SOH 段开销（包括 RSOH 再生段开销和 MSOH 复用段开销）、AU-PTR 管理单元指针、信息净负荷。

这 3 个部分有什么不同呢？

SOH 段开销是为了保证信息正常有效地传送而添加的一些用于网络运行、管理、维护的字节。由此可见，它们并不是信息字节。打一个比方，如果 STM-N 是一个装满了货物的集装箱，那么段开销的存在就相当于放在集装箱中的监视器，它跟着集装箱一起传输，能够监控集装箱的运输情况。如果集装箱中的货物有损坏，它也会及时反映出来。

段开销包括 RSOH 再生段开销和 MSOH 复用段开销。这两种开销是有区别的。同样是监视，RSOH 再生段开销监视的是 STM-*N* 的传输情况。而 MSOH 复用段开销监视的是组成 STM-*N* 中每一个 STM-*M*（*M*<*N*）的传输情况。除此之外，信息净负荷中还有一个 POH 通道开销。POH 通道开销用于监视 STM-*N* 中每一个支路信号（如 2Mbit/s、34 Mbit/s、140 Mbit/s 信号）的传输情况。

信息净负荷区是真正存放信息的地方。这个区域还包括有一部分的 POH。

AU-PTR 管理单元指针是用来指示净负荷中起始字节在 STM-*N* 帧中具体位置的。它相当于集装箱中的定位器。因为集装箱装载的货物（支路信号）很多，为了能更方便有效地找出货物，就需要一个能明确指出货物位置的定位器，即管理单元指针。

2．自愈保护

（1）自愈的概念

自愈是指当传输网络发生故障时，在无需人为干预的条件下，在极短的时间内从失效状态中自动恢复中断的业务，使用户感觉不到出现了故障。

自愈的基本原理是寻找新的路由以建立通信，而不是能自动对发生故障的部分进行修复。所以，若网络发生自愈，虽然已经重新建立通信，业务不中断，但发生故障的部分还是需要去人为修复的。

（2）链形网的保护类型

链形网的保护可分为 1+1 保护、1∶1 保护和 1∶*n* 保护。

1+1 保护是指 1 条主用通道独享 1 条备用通道，正常情况下，主、备用通道同时传主用业务；当主用通道发生故障无法通信时，接收端便选取备用通道传过来的业务。该保护方式倒换速度快，但通道利用率低。

1∶1 保护也是指 1 条主用通道独享 1 条备用通道，但正常情况下，主用通道传主用业务，备用通道可不传业务或者传额外业务；当主用通道发生故障无法通信时，转由备用通道传主用业务，此时备用通道的额外业务将中断。该保护方式倒换速度没有 1+1 快，但通道利用率比 1+1 高。

1∶*n* 保护是指 *n* 条主用通道共享 1 条备用通道。一般 *n*≤14。正常情况下，主用通道传主用业务，备用通道可不传业务或者传额外业务；当主用通道发生故障无法通信时，便转由备用通道传主用业务，此时备用通道的额外业务将中断。注意，若多条主用通道发生故障无法通信，备用通道将根据优先次序倒换业务。该保护方式通道利用率相对于前两者都高，但它具有明显缺陷，即若多个主用通道发生业务中断时无法保证同时实现自愈保护。

（3）环形网保护类型

环形网保护有通道保护和复用段保护。通道保护环分为二纤单/双向通道保护环、二纤单/双向复用段保护环。

通道保护环保护的级别是针对某个支路信号，即 VC-12 或 VC-3 等。它的倒换条件是 TU-AIS 等告警信号，不需要 APS 协议。

复用段保护环的保护级别是以复用段为基础的，倒换时需要启动 APS 协议。它的倒换条件是 LOF、LOS、MS-AIS、MS-EXC 告警信号。

3．二纤通道环

（1）二纤单向通道保护环

二纤通道保护环由两根光纤组成，一主（S1）一备（P1），如图 2.26 所示。它采用 1+1 的保护方式。正常情况下，主用光纤 S1 和备用光纤 P1 都传主用业务，收端选择收信号质量好的业务。

在发生故障时，如图 2.26 中 BC 段光纤故障时，接收端无法接收由主用光纤传过来的业务，于是 A 节点发生倒换，倒换到备用光纤上以接收备用光纤传过来的业务。

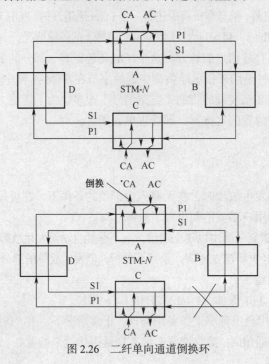

图 2.26　二纤单向通道倒换环

（2）二纤双向通道保护环

二纤双向通道保护环除了业务方向不同外，其保护机理与单向通道保护环是一样的。这里不再描述。

4．二纤复用段环

（1）二纤单向复用段保护环

二纤单向复用段保护环由两根光纤组成，一主（S1）一备（P1），如图 2.27 所示。它采用 1∶1 的保护方式，即主光纤 S1 上传主用业务，备光纤 P1 上传额外业务。

正常情况下，接收端默认接收主光纤 S1 的业务。

在发生故障时，如图 2.27 中 BC 段光缆线路中断，则在发生故障的两端节点，即 B 节点和 C 节点分别自动执行环回功能。这时，若业务从 A 节点传至 C 节点，主 S1 将业务传至 B 节点时，B 节点由于发生环回，将主环 S1 上的业务环回到备环 P1，经过 A、D 节点，最后到达 C 节点，在 C 节点再次环回，将备环 P1 上的业务环回到主环 S1 上、下业务。

（2）四纤双向复用段保护环

四纤双向复用段保护环由 4 根光纤组成，分别为两主 S1、S2，传主用业务；两备 P1、P2，传额外业务，如图 2.28 所示。其中，当 S1 或 S2 故障时，备用的 P1、P2 分别用来保护 S1、S2 上的主用业务。

正常时，图 2.28 中 A 节点至 C 节点的业务由 S1 光纤传输，而 C 节点至 A 节点的业务由 S2 光纤传输。

当 BC 段之间的光缆线路中断时，在发生故障的两端节点 B 和 C 执行环回功能。这时，若业务从 A 节点传送到 C 节点，在 A 节点上的业务由 S1 光纤传送到 B 节点，在 B 节点将业务环回到 P1 光纤，经过 A、D 节点最后送至 C 节点，在 C 节点再次环回到 S1 光纤，下业务。

注意，当执行环回功能时，备用光纤上传的额外业务必须中断。

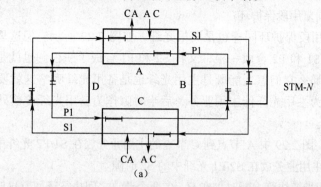

（a）

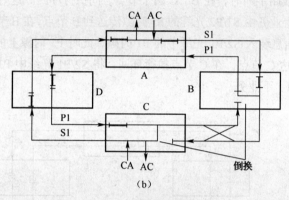

（b）

图 2.27　二纤单向复用段倒换环

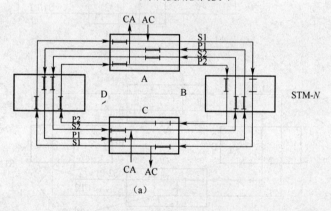

（a）

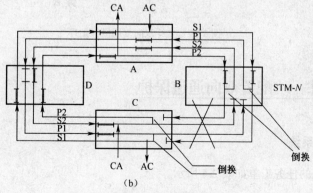

（b）

图 2.28　四纤双向复用段倒换环

同理，当业务从C节点传到A节点，也是执行两次环回功能。

（3）二纤双向复用段保护环

二纤双向复用段保护环同样也是两根光纤，如图 2.29 所示。但这里注意，两根光纤相当于将四纤环上的 S1 和 P2 合成一根，又将 S2 和 P1 合成了一根。也就是说，这时每根光纤承担了两个身份。那么它们怎么能既是主用光纤也是备用光纤呢？这就要以时隙来区别。每根光纤前半时隙作为主用光纤传主用业务，后半时隙作为备用光纤传额外业务，它们就能承担两种身份的任务了。

正常情况下，图 2.29 中 A 节点到 C 节点的主用业务放在 S1/P2 光纤中的 S1 时隙。同理，C 节点到 A 节点的主用业务放在 S2/P1 光纤中的 S2 时隙。

当 BC 段之间光缆线路中断时，在 B、C 两个节点之间执行环回。这时，当业务从 A 节点传送到 C 节点,在 A 节点上业务由 S1/P2 光纤的 S1 时隙传送到 B 节点,在 B 节点执行环回,将 S1/P2 光纤 S1 时隙上携带的信息装入 S2/P1 光纤中的 P1 时隙, 此时 P1 时隙上的额外业务被中断, 再经过 A、D 节点最后到达 C 节点, 在 C 节点执行环回, 将 S2/P1 光纤中 P1 时隙上携带的信息转入 S1/P2 光纤的 S1 时隙，下业务。

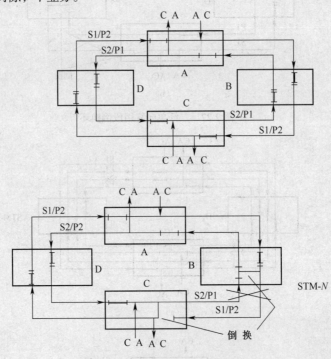

图 2.29　二纤双向复用段保护环

2.3.2　操作一　配置双向通道保护

1. 搭建传输系统

搭建传输系统的任务工单如表 2.4 所示。

表 2.4   任务工单 2-4

项目名称	搭建传输系统			
工作任务	配置双向通道保护			
任务内容	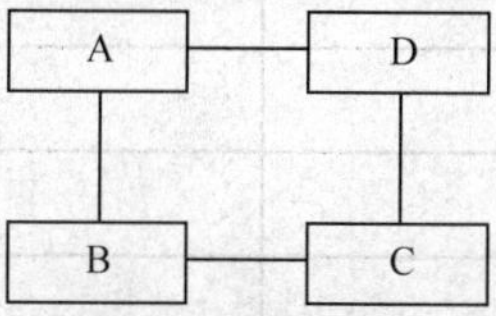 ① 利用现有设备搭建一个环形传输网络，结构如上图所示，其中 A 作为网关网元 ② 根据实际设备情况在网管上设计出该拓扑图并配置单板 ③ 配置 A↔B：1 个 2Mbit/s 的业务，并配置通道保护			
工作要求	① 小组成员互相检查 ② 先根据设备设计出环形网结构，连接好设备后再在网管中进行设置操作			
专业班级	组号	组员		
	学号			
	姓名			
任务执行情况记录（包括执行人员分工情况、任务完成流程与情况、任务执行过程中所遇到的问题及处理情况）				
组长签字		完成时间		

任务内容一栏中的拓扑图：

A —— D

B —— C

2．回执单

将各类回执单介绍如下。网元信息表回执单如表 2.5 所示。

表 2.5   网元信息表

参数 ＼ 网元			
网元名称			
网元标识			
网元地址			
系统类型			
设备类型			

续表

参数 \ 网元				
网元类型				
速率等级				
在线/离线				
自动建链				
配置子架				

网元单板安装数量信息表如表 2.6 所示。

表 2.6　　　　　　　　　　网元单板安装数量信息表

类型 \ 网元			

连接关系表如表 2.7 所示。

表 2.7　　　　　　　　　　连接关系表

序号	源网元	目的网元

业务时隙及保护时隙配置表如表 2.8 所示。

表 2.8　　　　　　　　　　业务时隙及保护时隙配置表

网元	时隙（入）	时隙（出）
A		
B		
C		
D		

3．考核标准

考核标准如表 2.9 所示。

表 2.9 考核标准

考核方面	考核要点及分值分配	得分情况
专业知识	1. 环形网络拓扑结构特点（15 分）	
	2. 环形网络的应用场合（15 分）	
职业能力	1. 能否按照要求搭建环形网（20 分）	
	2. 是否按要求配置业务及通道保护（20 分）	
职业素质	1. 是否按照流程操作（10 分）	
	2. 所核对的他人数据是否正常（5 分）	
	3. 是否按要求做好记录（10 分）	
	4. 工作完成后是否清理现场（5 分）	

4. 操作指导

① 连接设备。物理连接方法类似链形网。

② 业务配置（以中兴网管为例）。开启网管，选择"设备管理→SDH 管理→业务配置"，在网管上进行网元 A↔B 的 1 个 2Mbit/s 业务间连接配置。图 2.30 中配置了 6 条 2Mbit/s 业务的连接。每配置一条，都会有一根绿色显示线。

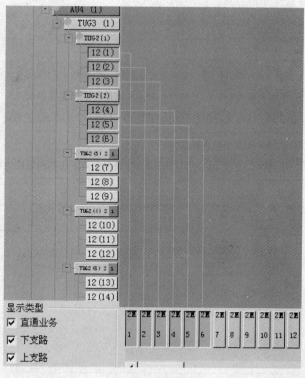

图 2.30 业务配置

③ 通道保护配置（以中兴网管为例）。选中所有网元，打开业务配置窗口。如果配置的 2Mbit/s 业务是 1#2M，则通道保护是将该 1#2M 配置上业务到另一块单板上。在业务配置对话框中，配置各网元时隙。

注意，中兴设备网管配置通道保护与配置业务的方法是一模一样的。只是配置保护时要走不同的路径，业务上到不同的通道而已。如 A 至 B 的主用业务从 A 上从 B 下，那么通道保护则是从 A 上业务，经过 D、C 转，最后在 B 下业务。

先配置的时隙连接称为工作通路，由红色实线表示；后配置的时隙连接称为保护通路，由蓝色实线表示。

注意：通道保护配置必须在业务工作时隙配置完成后，才能进行设置。

2.3.3　操作二　配置复用段保护

1.　配置复用段保护任务工单

配置复用段保护的配置双向通道保护相关操作任务工单如表 2.10 所示。

表 2.10　　　　　　　　　　　　　　　　　任务工单 2-3

项目名称	搭建传输系统					
工作任务	配置复用段保护					
任务内容	① 利用现有设备搭建一个环形传输网络，结构如上图所示，其中 A 作为网关网元 ② 根据实际设备情况在网管上设计出该拓扑图并配置单板 ③ 配置二纤双向复用段保护；配置 A↔C：1 个 2Mbit/s 的业务					
工作要求	① 小组成员互相检查数据 ② 先根据设备设计出环形网结构，连接好设备后再在网管中进行设置操作					
专业班级	组号	组员				
		学号				
		姓名				
任务执行情况记录 （包括执行人员分工情况、任务完成流程与情况、任务执行过程中所遇到的问题及处理情况）						
组长签字		完成时间				

2.　回执单

业务时隙配置表回执单如表 2.11 所示。

表 2.11　　　　　　　　　　　　　　　　　　业务时隙配置表

网元	时隙（入）	时隙（出）
A		
B		
C		
D		

3．考核标准

考核标准如表 2.12 所示。

表 2.12　　　　　　　　　　　　　　　　　　考核标准

考核方面	考核要点及分值分配	得分情况
专业知识	1．二纤双向复用段保护工作原理（20 分）	
	2．二纤双向复用段保护触发条件（10 分）	
职业能力	1．能否按照要求搭建环网（20 分）	
	2．是否按要求配置业务及复用段保护（20 分）	
职业素质	1．是否按照流程操作（10 分）	
	2．所核对的他人数据是否正常（5 分）	
	3．是否按要求做好记录（10 分）	
	4．工作完成后是否清理现场（5 分）	

4．操作步骤

① 连接设备。物理连接方法类似链形网。

② 开启网管，在网管上配置单板并做连接。

③ 配置二纤双向复用段保护（以中兴网管为例）。

a．选中网元 A、B、C、D，打开复用段保护配置。

b．单击"新建"按钮，在弹出的"复用段保护组配置"对话框中，填写保护组 ID、名称，并选择保护类型。

c．单击"确定"按钮。

d．为"保护组网元树"列表框中刚刚配置的保护组选择网元。

e．单击"应用"按钮，此时会出现复用段保护组命令成功的对话框。

f．回到"复用段保护配置"对话框，在保护组列表中选中所配置的保护组，单击"下一步"按钮进入"APS Id 配置"对话框。不改变原系统设置。

g．在"APS Id 配置"对话框中，单击"下一步"，进入"复用段保护关系配置"对话框。建立网元 A、网元 B、网元 C、网元 D 的东西向连接。

h．选中 4 个网元，选择"维护→诊断→APS 操作"，在"APS 操作"对话框中启动 APS 协议。

复用段保护启动后，打开"业务配置"对话框，如图 2.31 所示。

图 2.31　复用段保护"业务配置"对话框

2.4　任务三　建立复杂拓扑结构传输网络

2.4.1　任务准备

1. 复杂网络拓扑结构

（1）环带链网

环带链网络结构如图 2.32 所示，由环形结构和链形结构组成。图 2.32 中，环网速率为 STM-16，由环上一节点汇聚链网的业务（这里称该节点为汇聚节点）。该结构中，链网节点要与环网其他节点通信，就必须经过汇聚节点。

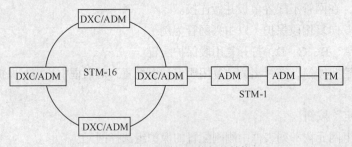

图 2.32　环带链网络拓扑结构

（2）环型子网的支路跨接

如图 2.34 所示，该网络结构简单，两个环网通过一个支路互连，成本较低。但由于两个环网之间连接必须要通过支路，故而若支路线路故障，将直接影响到整个网络的相互通信。

（3）相切环网

相切环网中，几个环网相切于一点，即通过一个节点相连，如图 2.34 所示。这种结构同样存在着切点的安全问题。

（4）相交环网

相交环网如图 2.35 所示,相对于相切环,两个环网之间增加了可选路由,其安全性更高。

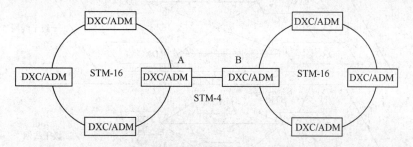

图 2.33 环型子网的支路跨接网络拓扑结构

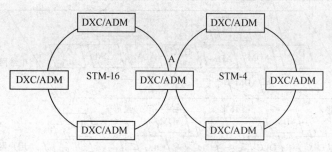

图 2.34 相切环网络拓扑

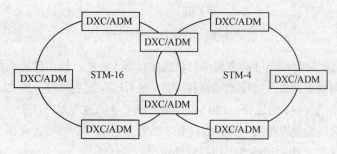

图 2.35 相交环网拓扑

2. SDH 网络的整体层次结构

我国的 SDH 网络结构采用四级结构,如图 2.36 所示。

一级干线网:主要为各省会、城市间长途通信,以网形网为主,是我国的骨干线。

二级干线网:以环形网为主,主要用于省内长途。

中继网:主要用于长途端局与市话局之间的通信,以及市话局之间的通信部分。

用户网:也可称为用户接入网,处于传输网的边界,主要作用为汇聚本地业务,也是网络结构最为复杂的一级。

3. 映射、定位和复用的概念

支路信号(如 2Mbit/s、34 Mbit/s、140 Mbit/s)形成 STM-N 信号都要经过 3 个步骤,即映射、定位、复用。

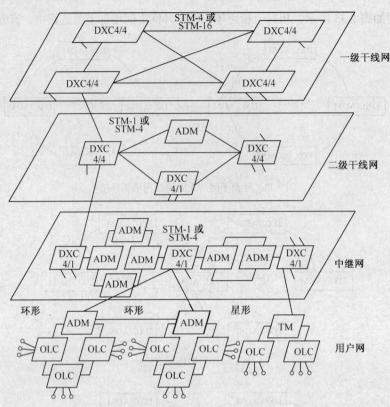

图 2.36　我国 SDH 网络结构

映射是指将低速支路信号经过速率调整封装成虚容器 VC 的过程。低速支路信号先经过码速调整形成容器 C，再加上通道开销形成虚容器 VC，这个过程就是映射。如 2Mbit/s 形成 VC-12 的过程、34 Mbit/s 形成 VC-3 的过程、140 Mbit/s 形成 VC-4 的过程都是映射。

定位简单地说就是给虚容器加上指针的过程。指针是指示 VC 帧的起点在 TU 或 AU 净负荷中的位置，如 VC-12 加上指针形成 TU-12，便是定位。

复用就是通过字节间插的方式，将多个 TU 组成高阶 VC，或者 AU 形成 STM-N 的过程，如 3 个 TUG-3 形成 VC-4 便是复用。

4．同步网结构

（1）同步方式

数字网同步主要有两种方式：伪同步和主从同步。

伪同步一般用于国际局之间。我国采用的是主从同步方式，其中主时钟在北京，副时钟在武汉。采用主从同步，上一级网元为下一级提供时钟信号，下级网元跟踪锁定上级网元。

（2）SDH 网的时钟类别

ITU-T 对各级时钟的精度进行了规范，将时钟质量级别由高到低排列如下。

基准主时钟——满足 G.811 规范（全网主时钟）。

转接局时钟——满足 G.812 规范（转接局从时钟）。

端局时钟——满足 G.812 规范（端局或本地局从时钟）。

SDH 网络单元时钟——满足 G.813 规范（SDH 网元设备内时钟）。

（3）SDH 网元时钟源的种类

SDH 网元时钟源有以下 4 类。

外部时钟源——由 SETPI 功能块提供输入接口。

线路时钟源——由 SPI 功能块从 STM-N 线路信号中提取。

支路时钟源——由 PPI 功能块从 PDH 支路信号中提取，但其精度不高，一般不采用。

设备内置时钟源——由 SETS 功能块提供。

（4）主从同步网中从时钟的工作模式

在主从同步的数字网中，下一级站主要有 3 种工作模式。

① 正常工作模式——跟踪锁定上级时钟。在正常情况下，下级站的时钟信号都是由上一级站传来的，故而上一级站时钟信号变化，下一级站的运转也会跟着变化。相对于其他两种模式，这种工作模式是精度最高的。

② 保持模式。当下级站接收不到上级站传来的时钟信号时，就会进入保持模式来进行工作。保持模式通常是保持一定的时间，在该模式下，从站将以在丢失上级站时钟信号前的频率信息作为时钟基准来进行工作。当超过保持模式的最大时间之后，若还一直未能接收到上级站的时钟信号，将转入自由运行模式进行工作。

保持模式的时钟精度比正常工作模式低。

③ 自由运行模式——自由振荡。所谓自由运行，就是从站根据自己内部时钟振荡器的频率信息来进行工作。该模式精度最低。

（5）S1 字节

在 SDH 网中，既有线路时钟，也有支路时钟等，设备通过 S1 字节来判定哪个时钟质量级别最高，如表 2.13 所示。

表 2.13　　　　　　　　　　　　同步状态信息编码

S1（b5-b8）	S1 字节	SDH 同步质量等级描述
0000	0x00	同步质量不可知（现存同步网）
0001	0x01	保留
0010	0x02	G.811 时钟信号
0011	0x03	保留
0100	0x04	G.812 转接局时钟信号
0101	0x04	保留
0110	0x06	保留
0111	0x07	保留
1000	0x08	G.812 本地局时钟信号
1001	0x09	保留
1010	0x0A	保留
1011	0x0B	同步设备定时源（SETS）信号
1100	0x0C	保留
1101	0x0D	保留
1110	0x0E	保留
1111	0x0F	不应用作同步

（6）环形网同步时钟设置方式

设置环形网的同步时钟，首先要设定一个级别最高的时钟基准。

如图 2.37 所示，网元 A 有一外时钟输入，并作为全网最高时钟基准，网元 B 和 D 分别作为从时钟，跟踪锁定网元 A 从线路传送过来的时钟信号。同时，网元 C 可以跟踪锁定网元 B 或者网元 D 从线路传送过来的时钟信号。

注意，在时钟设置时，不能成环。时钟成环就是指网元 B 跟踪网元 A 的时钟，网元 C 跟踪网元 B 的时钟，网元 D 跟踪网元 C 的时钟，网元 A 跟踪网元 D 的时钟。一旦成环，若环中某一时钟劣化，将会有连锁反应。其次，若环中节点过多，注意时钟链路不能过长，以免时钟信号质量过低。

网元要从上级或同级网元中获取时钟信号，不要从比自己低级别的网元获取。例如，C 网元可以从 B 和 D 网元获取时钟信号，但最好不要从其支路中获取时钟信号。

各网元同步源及时钟源级别配置如表 2.14 所示。

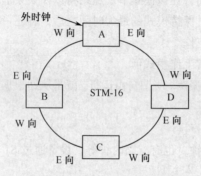

图 2.37　环形网的同步时钟

表 2.14　　　　　　　　　　　　各网元同步源及时钟源级别配置

网元	同步源	时钟源级别
A	外部时钟源	外部时钟源、内置时钟源
B	东向时钟源	东向时钟源、西向时钟源、内置时钟源
C	东向时钟源	东向时钟源、西向时钟源、内置时钟源
D	西向时钟源	西向时钟源、东向时钟源、内置时钟源

2.4.2　操作一　配置环带链拓扑网

1. 任务工单

任务工单如表 2.15 所示。

表 2.15　　　　　　　　　　　　任务工单 2-4

项目名称	搭建传输系统
工作任务	配置环带链拓扑网

续表

任务内容	 ① 环带链结构如上图所示 ② 在网管上设计出该拓扑图并配置单板 ③ 配置网元 A↔F：2 个 34Mbit/s 的业务 ④ 配置时钟同步
工作要求	小组成员互相检查数据

专业班级	组号	组员			
		学号			
		姓名			

任务执行情况记录 （包括执行人员分工 情况、任务完成流程 与情况、任务执行过 程中所遇到的问题 及处理情况）	

组长签字		完成时间	

2．回执单

网元单板安装数量信息表如表 2.16 所示。

表 2.16　　　　　　　　　　网元单板安装数量信息表

网元 类型						

业务时隙配置表如表 2.17 所示。

表 2.17 业务时隙配置表

网元	时隙（入）	时隙（出）

3．考核标准

考核标准如表 2.18 所示。

表 2.18 考核标准

考核方面	考核要点及分值分配	得分情况
专业知识	1．环带链形网络拓扑结构特点（10 分）	
	2．网孔形网络拓扑结构的特点（10 分）	
	3．树形网拓扑结构的特点（10 分）	
职业能力	1．能否按照要求搭建环网（20 分）	
	2．是否按要求配置业务（20 分）	
职业素质	1．是否按照流程操作（10 分）	
	2．所核对的他人数据是否正常（5 分）	
	3．是否按要求做好记录（10 分）	
	4．工作完成后是否清理现场（5 分）	

4．操作步骤（以中兴网管为例）

① 创建网元。在客户端操作窗口中，单击"设备管理→创建网元"。设置网元 A、B、C、D、E、F 的 ID、IP 等属性。

② 配置单板。双击"网元"，弹出单板管理对话框，根据实际设备单板安装情况配置各单板。请读者思考这里需要增加多少块 34Mbit/s 板。

③ 连接网元。选中所有网元，单击"设备管理→公共管理→网元间连接配置"，在弹出的网元间连接配置对话框中分别根据实际连接情况选择源网元与目的网元，建立两个网元间的双向连接。

④ 业务配置。开启网管，单击"设备管理→SDH 管理→业务配置"，在网管上进行网元 A↔F 的 2 个 34Mbit/s 业务间连接配置。

⑤ 配置时钟。全选网元 A、B、C、D、E、F，选择"设备管理→SDH 管理→时钟源"。时钟源配置页面如图 2.38 所示，为 6 个网元分别配置时钟。

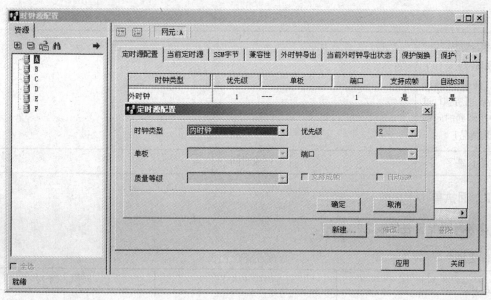

图 2.38　配置时钟

2.4.3　操作二　配置相切环拓扑网

1. 任务工单

任务工单如表 2.19 所示。

表 2.19 　　　　　　　　　　　　　　　　任务工单 2-5

项目名称	搭建传输系统		
工作任务	配置相切环拓扑网		
任务内容	 A　G B　STM-16　D　STM-4　F C　E ① 结构如上图所示 ② 在网管上设计出该拓扑图并配置单板 ③ 配置网元 A↔F：2 个 34Mbit/s 的业务 ④ 配置时钟同步		
工作要求	小组成员互相核对数据		
专业班级	组号		组员
		学号	
		姓名	

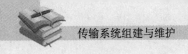

续表

任务执行情况记录（包括执行人员分工情况、任务完成流程与情况、任务执行过程中所遇到的问题及处理情况）	
组长签字		完成时间	

2. 回执单

业务时隙配置表如表 2.20 所示。

表 2.20　　　　　　　　　　　　　　　业务时隙配置表

网元	时隙（入）	时隙（出）

3. 考核标准

考核标准如表 2.21 所示。

表 2.21　　　　　　　　　　　　　　　考核标准

考核方面	考核要点及分值分配	得分情况
专业知识	1. 相交环网络拓扑结构特点（10 分）	
	2. 相切环网络拓扑结构的特点（10 分）	
	3. 跨接环网拓扑结构的特点（10 分）	
职业能力	1. 能否按照要求搭建环网（20 分）	
	2. 是否按要求配置业务（20 分）	
职业素质	1. 是否按照流程操作（10 分）	
	2. 所核对的他人数据是否正常（5 分）	
	3. 是否按要求做好记录（10 分）	
	4. 工作完成后是否清理现场（5 分）	

4. 操作步骤（以中兴网管为例）

① 创建网元。在客户端操作窗口中，选择"设备管理→创建网元"。设置网元 A、B、C、D、E、F、G 的 ID、IP 等属性。

② 配置单板。双击"网元"，弹出单板管理对话框，根据实际设备单板安装情况配置各单板。

③ 连接网元。选中所有网元，选择"设备管理→公共管理→网元间连接配置"，在弹出的

网元间连接配置对话框中分别根据实际连接情况选择源网元与目的网元，建立两个网元间的双向连接。

④ 业务配置。开启网管，选择"设备管理→SDH 管理→业务配置"，在网管上进行网元 A↔F 的 2 个 34Mbit/s 业务间连接配置。

⑤ 配置时钟：全选网元 A、B、C、D、E、F、G，选择"设备管理→SDH 管理→时钟源"，出现时钟源配置页面。为 7 个网元分别配置时钟。

2.5 项目小结

本项目主要学习如何搭建传输网络。需要掌握以下知识内容。

① SDH 网元特点。

② SDH 复用映射结构和具体步骤。

③ 链形网、环形网、环带链网、相交环网的设置与组建。

④ SDH 帧结构。

⑤ SDH 的自愈网保护机理。

习 题

1. SDH 传输网络中常见的网元有_____、_____、_____、_____。

2. 设备能根据 S1 字节来判断_____。S1（b5-b8）的值越小，表示_____。

3. SDH 网元的时钟源有_____、_____、_____、_____ 4 种。

4. 请画出 STM-4 帧结构，并根据帧结构计算 STM-64 信号的传输速率。

5. 写出 139.264Mbit/s 的信号变成 622.080Mbit/s 的过程，并指明具体的 3 大步骤。

项目三

网管系统安装

3.1 任务一 安装中兴 E300 网管系统

3.1.1 任务准备

1. SDH 管理网的操作运行接口

① Q 接口：即 Q3 接口，通常为网管主机与设备之间的接口。

② F 接口：是与工作站或局域网终端连接的接口。

2. SDH 管理网的分层结构

从服务和商务角度来分，SDH 的管理网可以分为 5 层，分别为网元层（NEL）、网元管理层（EML）、网络管理层（NML）、业务（服务）管理层（SML）和商务管理层（BML）。

从网络角度来分，SDH 的管理网只包括网元层（NEL）、网元管理层（EML）和网络管理层（NML），如图 3.1 所示。

① 网元层：网元本身自带的一些管理功能，如对自身的配置、性能以及故障方面的管理。

② 网元管理层：管理一组网元的管理层，包括对这组网元的配置、性能、故障管理，以及与其相关的诸如计费、安全管理等。

③ 网络管理层：如图 3.1 所示，是对整个 SDH 网络的管理，对该网络所管区域进行综合性的监控。

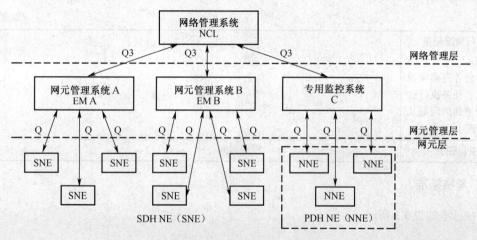

图 3.1　SDH 管理网的分层结构

3．SDH 网管的管理功能

① 故障管理：包括告警监视、告警历史查询、告警屏蔽、告警锁定等。读者可以在网管上查找有哪些告警管理功能。

② 配置管理：包括网元的设置、单板配置、业务配置和管理、保护倒换的配置、时钟配置等。请思考我们之前做过了哪些配置。

③ 性能管理：如误码性能数据的采集，以及测试时间内各项性能数据的监视、门限设置等。

④ 计费管理：即与计费有关的信息。

⑤ 安全管理：涉及登录管理、用户级别限制、用户操作限制等。

3.1.2　操作　安装中兴 E300 网管系统

1．任务工单

任务工单 3-1 如表 3.1 所示。

表 3.1　　　　　　　　　　　　　　任务工单 3-1

项目名称	网络组建					
工作任务	安装中兴 E300 网管系统					
任务内容	根据任务指南完成中兴 E300 网管系统的安装					
工作要求	① 写出安装基本步骤和注意事项 ② 检查网管是否能与设备相连接 ③ 小组成员互相检查					
专业班级	组号	组员				
		学号				
		姓名				

续表

任务执行情况记录（包括执行人员分工情况、任务完成流程与情况、任务执行过程中所遇到的问题及处理情况）		
组长签字		完成时间

2. 考核标准

考核标准如表 3.2 所示。

表 3.2　　　　　　　　　　　　　　　　考核标准

考核方面	考核要点及分值分配	得分情况
专业知识	1. 网管概念（10 分）	
	2. 帧结构（10 分）	
	3. 网管分层（10 分）	
职业能力	1. 能否按照要求完成网管的安装（10 分）	
	2. 是否解决安装中出现的故障（10 分）	
	3. 网管是否能与设备正常连接（10 分）	
职业素质	1. 是否按照流程操作（10 分）	
	2. 能否与相关人员沟通解决问题（10 分）	
	3. 所核对的他人数据是否正常（5 分）	
	4. 是否按要求做好记录（10 分）	
	5. 工作完成后是否清理现场（5 分）	

3. 操作指导

① 双击"setup.exe"文件，选择中文安装语言，单击"确定"按钮。

② 初始化完毕后，进入安装初始窗口，如图 3.2 所示。

图 3.2　安装初始化

③ 单击"下一步"按钮，在许可证协议对话框中单击"是"按钮。

④ 在客户信息对话框中，输入相应的用户名、公司名及序列号，单击"下一步"按钮，如图 3.3 所示。

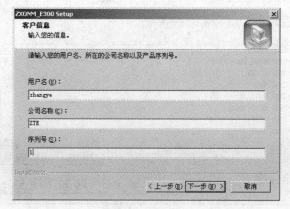

图 3.3　客户信息

⑤ 在选择目的地位置的对话框中，可选用系统默认的安装地址。如果自定义安装地址，则点击"浏览"按钮，选择其他安装目录，如图 3.4 所示。

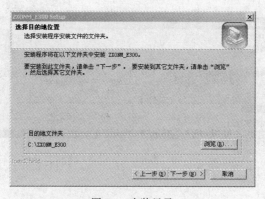

图 3.4　安装目录

⑥ 单击"下一步"按钮，弹出选择安装类型对话框。选择"典型"安装方式，单击"下一步"按钮，如图 3.5 所示。

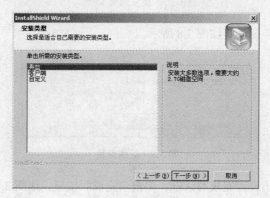

图 3.5　典型安装

⑦ 在弹出的选择设备类型对话框中，用默认全选设置，单击"下一步"按钮，如图 3.6 所示。

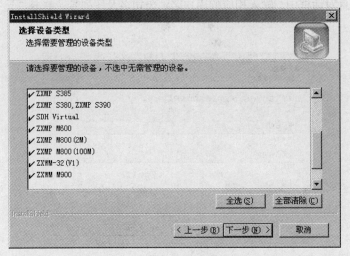

图 3.6　设备类型选择

⑧ 在弹出的建立网管文件夹对话框中，用文件夹名称缺省 ZXONM_E300 建立该程序文件，单击"下一步"按钮，如图 3.7 所示。

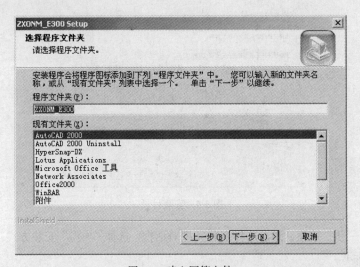

图 3.7　建立网管文件

⑨ 进入自动复制安装窗口，如图 3.8 所示。

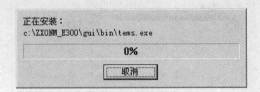

图 3.8　正在安装

⑩ 安装完成后，弹出设置完成对话框，单击"完成"按钮，如图 3.9 所示。

图 3.9　安装完成

⑪ 弹出系统重启选择对话框，重启计算机。

3.2　任务二　安装华为 T2000 网管系统

3.2.1　任务准备

1. 段开销

开销主要分为段开销、通道开销。段开销又分为再生段开销、复用段开销。通道开销又分为高阶通道开销和低阶通道开销。

那么，这些开销又分别有什么区别？

开销并不是信息字节，而主要是对 SDH 信号进行监控管理的。那么，再生段开销和复用段开销主要是对再生段和复用段的监控。而高阶和低阶通道开销就主要是对高阶通道层和低阶通道层的监控。

那么，什么又是复用段？什么是通道？

由图 3.10 可知，通道就是一个 TM 到另一个 TM 之间的那一段。而再生段就是两个 REG 之间或者 TM 至 REG、REG 至 ADM 的那一段。复用段是指 TM 至 ADM 或 ADM 至下一个 ADM 之间的一段。

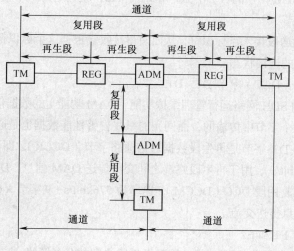

图 3.10　通道、复用段、再生段

由于开销主要做监控信号的，就监控信号的大小来区分的话，这几种开销的监控范围是不同的。

例如，若系统中传输 STM-4 信号，则再生段开销监控的是整个 STM-4，而复用段开销是对 STM-4 中每一个 STM-1 的监控。高阶通道开销是对每一个 STM-1 中的 VC-4 的监控，而低阶通道开销是对每一个 VC-4 中的每一个 VC-12 的监控。

接下来，我们来具体学习段开销的各种字节。

首先，大家回忆一下段开销的位置，它在帧结构中位于哪个具体的位置上。

如果是对于 STM-1 的帧结构，那么段开销字节占据了（1~3）行的（1~9）列和（5~9）行的（1~9）列，如图 3.11 所示。

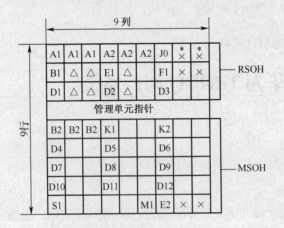

注：△ 为与传输介质有关的特征字节（暂用）；
　　× 为国内使用保留字节；
　　꙰ 为不扰码字节；
所有未标记字节待将来国际标准确定（与介质有关的应用，附加国内使用和其他用途）。

图 3.11　STM-1 帧的段开销字节

（1）帧定位字节 A1 和 A2

A1 和 A2 用来识别帧的起始位置。A1：11110110（f6H），A2：00101000（28H）。接收端若连续收到 3N（N 即为 STM-N 中的 N）个 A1 和 3N 个 A2，就判定为一个 STM-N 帧的开始。

（2）再生段踪迹字节 J0

J0 被用来重复地发送段接入点标识符，从而使得接收端根据这个标识符，判断是否与其指定的发送方处于一种连续的连接状态。

（3）数据通信通路（DCC）字节 D1~D12

D1~D12 用于传输 SDH 网络运行管理维护功能（OAM 功能）的数据信息。简单地说，就是网管的命令是放在这几个字节中传输的，而网元的一些告警性能数据也是通过这几个字节传送到网管中的。其中，D1~D3 字节是再生段数据通信通路字节（DCCR），即再生段 DCC，速率为 192kbit/s（3 字节×64kbit/s），用于再生段终端之间交流传送 OAM 信息。D4~D12 字节是复用段数据通信通路字节，即复用段 DCC（DCCM），速率为 576kbit/s（9 字节×64kbit/s），用于在复用段终端之间的 OAM 信息传送交流。

（4）公务联络字节 E1 和 E2

E1 和 E2 用于传送公务语音信息。E1 用于再生段之间的公务联络；E2 用于终端间直达公务联络。注意观察它们分别位于开销中哪个部分，是再生段开销部分还是复用段开销部分。

（5）使用者通路字节 F1

F1 保留给使用者，用于特殊维护目的。

（6）比特间插奇偶校验 8 位码（BIP-8）B1

B1 为再生段层误码监测字节。

（7）比特间插奇偶校验 $N \times 24$ 位的（BIP-N, 24）字节 B2

B2 用于复用段误码检测。

（8）自动保护倒换（APS）通路字节 K1、K2（b1 ~ b5）

K1、K2 字节用作自动保护倒换（APS），即我们之前所学的复用段的保护倒换就是靠这两个字节来实现的。

（9）复用段远端失效指示（MS-RDI）字节 K2（b6 ~ b8）

K2 字节将在情景 3 具体说明。

（10）同步状态字节 S1（b5 ~ b8）

我们之前在学习同步网结构时，已经学习了 S1 字节。思考一下，S1 字节是用于什么的？S1 字节的值越大，表示什么质量级别越高？

（11）复用段远端误码块指示（MS-REI）字节 M1

M1 字节将在情境 3 具体描述。

（12）与传输介质有关的字节△

△字节专用于具体传输介质的特殊功能。

（13）国内保留使用的字节×

这些开销字节就是 STM-1 帧结构中的段开销。那么，STM-4、STM-16……段开销字节又是怎么安排的呢？

由图 3.12 可知，STM-4 的段开销，只有 A1、A2、B2 字节是 STM-1 的 4 倍关系，其他段开销字节都跟 STM-1 的个数一样。也就是说，当 4 个 STM-1 复用成一个 STM-4 时，第 1 个 STM-1 的段销被完整保留。而其他 3 个 STM-1 的段开销，除了 A1、A2、B2 字节被保留外，其余都被去掉。

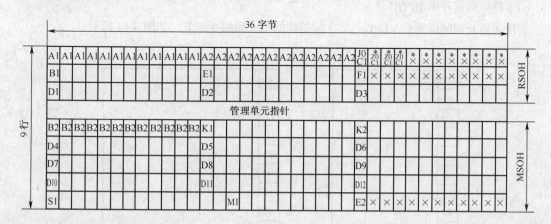

注：× 为国内使用保留字节；
　　 为不扰码字节；
　　所有未标记字节待将来国际标准确定（与介质有关的应用，附加国内使用和其他用途）；
　　Z0 待将来国际标准确定。

图 3.12　STM-4 段开销字节安排

那么 STM-16 的段开销又是怎样的呢？由图 3.13 可知，STM-N（$N>1$）的开销字节，只有 A1、A2、B2 字节是 STM-1 的 N 倍关系，其他段开销字节都与 STM-1 的字节数一样。

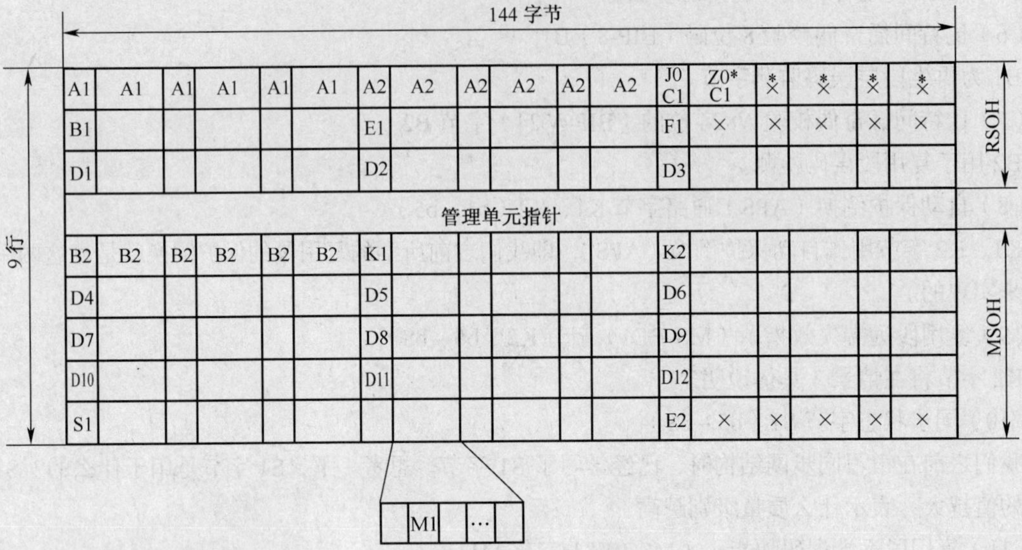

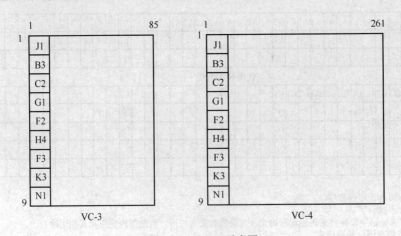

注：× 为国内使用保留字节；
　　※ 为不扰码字节；
　　所有未标记字节待将来国际标准确定（与介质有关的应用，附加国内使用和其他用途）；
　　Z0 待将来国际标准确定。

图 3.13　STM-16 段开销字节安排

2．通道开销

我们前面提过，通道开销是负责监控支路信号的，它又可分为高阶通道开销和低阶通道开销两种。

（1）高阶通道开销 HPOH

高阶通道开销的位置在 VC-4、VC-3 帧结构的第一列的 9 字节，如图 3.14 所示。

图 3.14　HPOH 示意图

① J1：通道踪迹字节，与 J0 作用类似，即重复发送高阶通道接入点识别符。TU-3PTR、AU-PTR 指示的位置就是这个字节的位置。

② B3：高阶通道误码监视，与 B1、B2 作用类似，在这里不具体描述。

③ C2：信号标记字节，指示 VC 帧复用的结构（无论是 VC-12 还是 VC-3 还是 VC-4，这 3 种不同的信号它们的映射结构是不一样的，请思考这是为什么）和信息净负荷的性质（即承载的业务种类是 VC-12、VC-3 还是 VC-4）。

④ G1：通道状态字节，该字节表示了通道终端的状态性能。

⑤ F2、F3：使用者通路字节，提供通道间的公务通信。

⑥ H4：TU 位置指示字节。

⑦ K3：空闲字节。

⑧ N1：网络运营者字节。

（2）低阶通道开销 LPOH

在我国，LPOH 是 VC12 中的通道开销，位于 VC-12 复帧中，每一个基帧的第一个字节。VC-12 复帧由 4 个基帧组成，如图 3.15 所示。

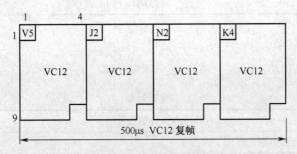

图 3.15　LPOH 示意图

① V5：通道状态和信号标记字节，它综合了 G1 和 C2 两个字节的功能。

② J2：通道踪迹字节，类似于 J0、J1。

③ N2：网络运营者字节。

④ K4：备用字节。

3.2.2　操作　安装华为 T2000 网管系统

1. 任务工单

任务工单 3-2 如表 3.3 所示。

表 3.3　　　　　　　　　　　　　　　任务工单 3-2

项目名称	网管系统安装
工作任务	安装华为 T2000 网管系统
任务内容	① 根据任务指南完成华为 T2000 网管系统的安装 ② 写出安装基本步骤和注意事项 ③ 检查网管是否能与设备相连接

续表

工作要求	小组成员互相检查					
专业班级	组号		组员			
	学号					
	姓名					
任务执行情况记录（包括执行人员分工情况、任务完成流程与情况、任务执行过程中所遇到的问题及处理情况）						
组长签字			完成时间			

2. 考核标准

考核标准如表 3.4 所示。

表 3.4   考核标准

考核方面	考核要点及分值分配	得分情况
专业知识	1. 段开销的作用（10 分）	
	2. 通道开销与段开销的区别（10 分）	
	3. 开销 DCC 的意义（10 分）	
职业能力	1. 能否按照要求完成网管的安装（10 分）	
	2. 是否解决安装中出现的故障（10 分）	
	3. 网管是否能与设备正常连接（10 分）	
职业素质	1. 是否按照流程操作（10 分）	
	2. 能否与相关人员沟通解决问题（10 分）	
	3. 所核对的他人数据是否正常（5 分）	
	4. 是否按要求做好记录（10 分）	
	5. 工作完成后是否清理现场（5 分）	

3. 操作指导

现有两套 SDH 华为设备，它们分别通过 ETHERNET 配置口和维护终端直接相连，两套 SDH 分别使用不同的 IP 地址以进行区分。原始 IP 地址分别设置为 129.9.0.1 和 129.9.0.2（也可以自己更改）。这样维护终端就可以直接登录两套不同的 SDH 设备。

安装网管步骤如下。

① 单击 T2000 文件夹下"SETUP"图标，进入自动安装界面，如图 3.16 所示。

图 3.16 SETUP

② 确定防毒软件全部关闭，进入欢迎界面，单击"下一步"按钮，进行安装。

③ 弹出软件许可协议，单击"是"按钮。

④ 输入 SN 文本文件中序列号，单击"下一步"按钮。

⑤ 选择安装路径，默认 C 盘，如图 3.17 所示。

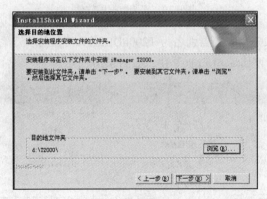

图 3.17 安装路径

⑥ 安装方式默认为自定义安装，如图 3.18 所示。

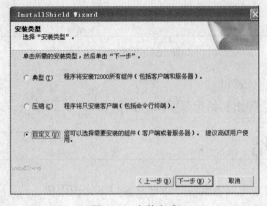

图 3.18 安装方式

⑦ 安装项目默认选择 T2000Client 和 T2000Server，单击"下一步"按钮。

⑧ 计算机开始自动安装软件。

⑨ T2000 安装完后，若出现提示是否安装 SQL7.0 数据库，单击"是"按钮。

⑩ 接下来会自动安装数据库软件。

⑪ 数据库安装时，弹出客户端网络实用工具对话框，在"常规"一栏，启用 TCP/IP，如图 3.19 所示。

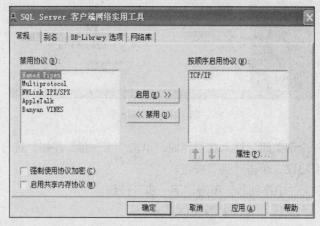

图 3.19　安装数据库软件

在"别名"一栏，添加一个服务器别名为 T2000DBServer（区分大小写），服务器名称为 server1（与计算机名保持一致），网络库勾选 TCP/IP，如图 3.20 所示。

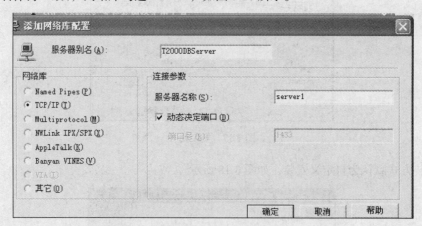

图 3.20　安装服务器

⑫ 安装完毕后，重启计算机。

⑬ 计算机重启动后会弹出初始化数据库的 DOS 窗口。

3.3　项目小结

本项目主要学习如何安装网管系统。需要掌握以下知识内容。

① SDH 网管的分层结构和管理功能。

② SDH 段开销和通道开销的作用和区别。

③ SDH 段开销和通道开销的各个字节安排。

习 题

1. E1 字节是用于_____段的公务联络，E2 字节是用于_____段的公务联络。

2. 通道开销可分为_____开销和_____开销。

3. 中兴 S330 设备中哪个板可以通过管理接口与网元管理终端（即网管）连接？（　　　）

    A. 主控板　　　B. 以太网板　　　　　　C. 风扇板　　　　　　　D. 时钟板

4. 以下关于 K1、K2 的说法，错误的是（　　　）。

    A. K2（b6 ~ b8）是 MS-RDI 字节

    B. K1、K2 主要用于复用段保护倒换自愈情况

    C. K1、K2 是起定位的作用的开销字节

    D. 在 STM-1 帧中 K1 和 K2 字节各有 1 个

项目四

系统单板配置

4.1 任务一 配置 2Mbit/s 电接口板

4.1.1 任务准备

1. SDH 设备的逻辑功能块

SDH 制定了一系列标准规范，要求不同的厂家都按照这个规范来进行产品的设计制造，使得不同厂家产品可以更好地兼容。

我们知道，各个不同的单板组成了不同的网元设备。虽然不同厂家生产的单板在外形尺寸上会有不同，但其功能却都是按着标准设计的。也就是说，ITU-T 规定了一系列标准模块化的功能块，每个厂家生产的设备单板都由这些功能块组合而成。就像搭积木，积木的组成块已经定好，用这些组成块按照不同的排列组合，就形成了不同的积木形状。而 SDH 设备单板也是由不同的功能组成块来组合而成的。不同的功能块按着不同的排列顺序组成了不同的单板，不管是哪个厂家的单板，它们都必须由这些功能块来组合。

下面我们先来学习 TM 设备单板的典型组成功能块，如图 4.1 所示。

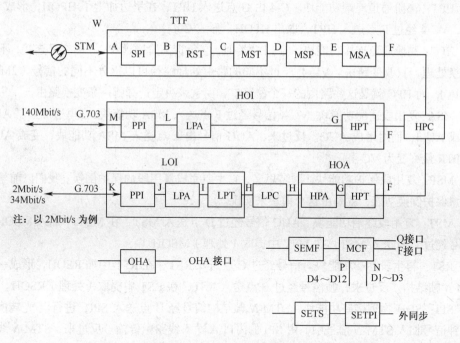

图 4.1 SDH 设备的逻辑功能构成

由图 4.1 可知，2Mbit/s、34 Mbit/s 信号经过 PPI、LPA、LPT、LPC、HPA、HPT、HPC、MSA、MSP、MST、RST、SPI 最后形成 STM-N 信号；反过来，STM-N 信号又经过这些模块被拆分成 2Mbit/s、34 Mbit/s 信号。

而 140 Mbit/s 信号则经过 PPI、LPA、HPT、HPC、MSA、MSP、MST、RST、SPI 最后形成 STM-N 信号；反过来，STM-N 信号又经过这些模块被拆分成 140Mbit/s 信号。

下面我们就以 2Mbit/s 信号形成 STM-N 信号的过程为例，来简单学习这些功能模块的功能。

（1）基本功能块

① PPI：PDH 物理接口功能块。2Mbit/s 信号从 K 点经过 PPI，在 PPI 内进行码型变换，并提取时钟信号，并将时钟信号送给 SETS 模块。码型变换后，其码型适合在 SDH 设备中进行处理。反过来，信号从 J 送入 PPI，进行码型反变换，最终变成适合于 PDH 设备的 2Mbit/s 信号码型（即 HDB3 码）。

② LPA：低阶通道适配功能块。经过码型变换后的信号经 J 点送入 LPA，在 LPA 内映射调整，从而形成 C-12。反过来，C-12 从 I 点送入 LPA，经过去映射形成 2Mbit/s 信号。

③ LPT：低阶通道终端功能块。C-12 经过 I 点送入 LPT，在 LPT 内加入 POH，从而形成 VC-12。反过来，VC-12 经过 H 点送入 LPT，在 LPT 内将 POH 取出，从而形成 C-12。

④ LPC：低阶通道连接功能块。能完成 VC-12 和 VC-3 信号的交叉连接功能。信号经过该模块，不进行变换，即是透明传输，VC-12 依然是 VC-12。

⑤ HPA：高阶通道适配功能块。VC-12 经过 H 点送入 HPA，加上 TU-PTR 形成 TU-12，然后进行复用，将 3 个 TU-12 组装成 TUG-2，又将 7 个 TUG-2 组装成 TUG-3，然后 3 个 TUG-3 形成 C-4（注意：这个时候还没加 HPOH）。反过来，C-4 从 G 点送入 HPA 功能块，最终拆分成了 VC-12。

⑥ HPT：高阶通道终端功能块。C-4 由 G 点送入 HPT，在里边加上了 HPOH，形成 VC-4。反过来，VC-4 经过 F 点送入 HPT，取出 HPOH，形成 C-4。

⑦ HPC：高阶通道连接功能块。与 LPC 类似，它负责高阶通道 VC-4 的交叉连接，不对信号进行变换处理，只改变路由。VC-4 经过不同的路由处理路径可以拆分不同的信号（2Mbit/s 或 140Mbit/s），而 HPC 就是这些路由的一个岔路口，由它来决定选择哪一条变换路由。

⑧ MSA：复用段适配功能块。VC-4 信号经过 F 点送入 MSA 功能块，在里边加上了 AU-PTR，从而形成 AU-4，而后形成 AUG。反过来，AUG 信号由 E 点送入 MSA 功能块，变成 AU-4，去掉 AU-PTR 最终变为 VC-4。

⑨ MSP：复用段保护功能块。顾名思义，它主要完成复用段的保护倒换。我们以前学过的复用段自愈保护倒换功能，就是由这个模块来实现。

⑩ MST：复用段终端功能块。AUG 信号经过 D 点送入 MST，在 MST 中加入 MSOH。反过来，信号经过 C 点送入 MST，在 MST 中提取（处理）MSOH。

⑪ RST：再生段终端功能块。信号经过 C 点送入 RST，在 RST 中加 RSOH，形成一个完整的 STM-N 帧结构。反过来，帧信号经过 B 点送入 RST，在 RST 中提取（处理）RSOH。

⑫ SPI：SDH 物理接口功能块。STM-N 帧结构信号经 B 点送入 SPI，进行电/光转换，并将定时时钟信号加入 STM-N 信号中，由 SPI 的出口 A 送入线路中传输。反过来，STM-N 线路信号经过 A 点送入 SPI 模块，进行光/电转换，提取时钟信号，检测是否有告警。

（2）复合功能块

① LOI：低阶接口功能块。由图 4.1 可见，它是 PPI、LPA、LPT 3 个功能块的组合，那么它的功能也是这 3 个功能块的功能集合。它存在于具体设备中的 2Mbit/s 或 34Mbit/s 接口板。

② HOA：高阶组装器。它由 HPA+HPT 组成，功能也就是这两个基本功能块的功能集合。

③ HOI：高阶接口。它由 HPT+LPA+PPI 组成。其功能是将 140Mbit/s 处理成 VC-4 信号，或反过来将 VC-4 信号处理成 140Mbit/s 信号。它可对应到具体设备中的 140Mbit/s 电接口板。

④ TTF：传送终端功能块。它由 SPI、RST、MST、MSA 组合而成，即可完成这 4 个功能块的所有功能。也就是说，VC-4 信号经过 TTF，会进行指针处理、复用段开销处理、保护倒换处理、电/光转换、时钟附着，最终形成 STM-N 线路信号。反过来，STM-N 线路信号经过 TTF，也是进行相应处理，最终形成 VC-4 信号。它对应具体设备中的光接口板。

（3）辅助功能块

① SEMF：同步设备管理功能块。这个模块是专门处理 DCC（D1～D12）字节的。它决定了 DCC 的内容，并通过 MCF 模块将 DCC 送至 RST 和 MST 中。反过来，当拆分信号时，RST 和 MST 里的 DCC 又通过 MCF 功能块送至 SEMF 处理。顾名思义，SEMF 功能块主要负责收集各模块送过来的相关状态性能信息，并管理各个模块。同时，它还负责跟网管上报相应的状态、告警等数据，以及将网管命令写入 DCC 中下发到相应模块中。

② MCF：消息通信功能块。由上面的描述可知，MCF 是负责给 SEMF 与其他模块间进行消息传递的一个模块。打个比方，SEMF 是总经理，那么 MCF 就是负责传达消息的总经理秘书。对于实际设备来说，MCF 就相当于我们之前学过的接口（有 F、Q 接口，以及内部与 DCC 有关的 N 和 P 接口）。

③ SETS：同步设备定时源功能块。该功能块主要就是产生和处理设备内的时钟信号的。

④ SETPI：同步设备定时物理接口。该接口主要用于传送外部时钟信号。

⑤ OHA：开销接入功能块。该模块主要是负责处理相应与公务有关的开销字节如 E1、E2、F1 的。

这几个辅助功能块，可以对应到具体设备中的主控板（SEMF 同步设备管理功能块）、时钟板（SETS 同步设备定时源功能块）、开销公务板（OHA 开销接入功能块）。

2．SDH 网元逻辑组成

SDH 网元设备是由各个功能块组成的，之前介绍了 TM 设备的功能块组成。那么，其他几种网元又分别由哪几个功能块组成呢？

（1）终端复用器（TM）

把 TM 设备基本功能块都去掉，剩下几个复合功能块，得到图 4.2。

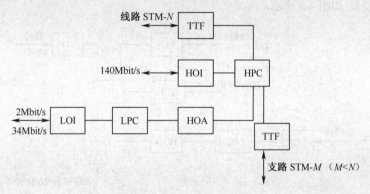

图 4.2　TM 设备逻辑组成

这样看来，TM 设备中除了几个基本单板（时钟、公务开销、主控、交叉）外（注：有些厂家的设备会将一些基本单板集成起来，所以在这里只是说明一个最基本的情况），还可有光接口板、电接口板等。交叉板则对应于 HPC 和 LPC 这些交叉连接模块。

（2）分/插复用器（ADM）

如图 4.3 所示，就逻辑组成来说，ADM 比 TM 多了一个 TTF，也就是多了一条光线路，换句话说就是多了一个光线路板。

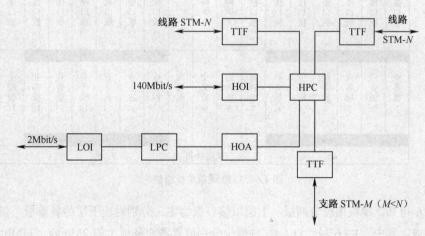

图 4.3　ADM 设备逻辑组成

（3）再生中继器（REG）

REG 主要对信号进行再生整形放大，但它并不能对信号进行分插复用，所以它的逻辑组成功能块比 TM 少很多，如图 4.4 所示。从图 4.4 中我们可以看出，信号在 REG 中，进行了光/电及电/光转换，并处理了 RSOH。

图 4.4　REG 设备逻辑组成

（4）数字交叉连接设备（DXC）

DXC 与 ADM 的功能类似，但它能实现多条线路的交叉连接（ADM 设备只能实现东西两条线路的交叉连接），如图 4.5 所示。

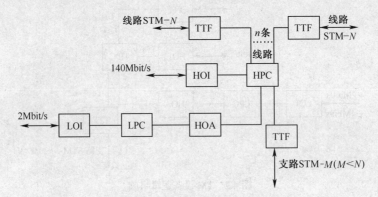

图 4.5　DXC 逻辑组成

3. 中兴 S330 设备单板结构

中兴 ZXMP S330 设备是基于 SDH 多业务节点设备，其单板槽位情况如图 4.6 所示。

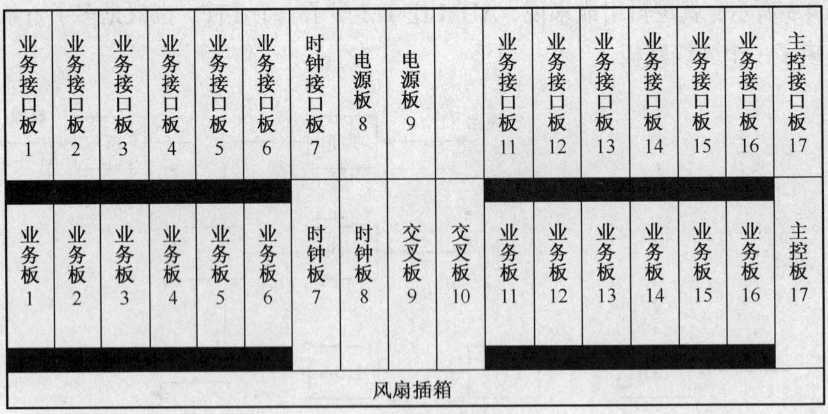

业务接口板 1	业务接口板 2	业务接口板 3	业务接口板 4	业务接口板 5	业务接口板 6	时钟接口板 7	电源板 8	电源板 9	业务接口板 11	业务接口板 12	业务接口板 13	业务接口板 14	业务接口板 15	业务接口板 16	主控接口板 17
业务板 1	业务板 2	业务板 3	业务板 4	业务板 5	业务板 6	时钟板 7	时钟板 8	交叉板 9	交叉板 10	业务板 11	业务板 12	业务板 13	业务板 14	业务板 15	业务板 16	主控板 17
风扇插箱															

图 4.6　S330 设备单板槽位

由图 4.6 可知，单板槽位分两层。上层以接口板为主，分别对应下层的各单板。设备单板都从前面板插拔。其中，1～6 号、11～16 号槽位分别放置各业务板（如 2Mbit/s、34Mbit/s 板，以太网板等）。

一般情况下，配置设备单板时，有一些标准配置是必不可少的，如主控板、交叉板、时钟板、电源板。在配置了这些标配单板之后，再根据业务需求配置其他业务单板。

4. 华为 155/622H 设备单板结构

　　华为 155/622H 是一个紧凑型设备。它的体积比中兴 S330 设备要小得多，而且单板槽位也少，很多都是集成在一个槽位中，它是从后面板插入的。图 4.7 所示为该设备的面板图。

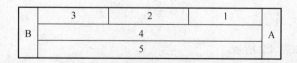

图 4.7　华为 155/622H 设备面板图

图中数字、字母含义表示如下。

1：光接口板位。可放置的单板有 OI2/OI4/SB2。

2：IU3，光/电接口板位。可放置的单板有 OI2/OI4/SB2，SP1/SP2/SM1/HP2/PL3。

3：环境监控，EMU。

4：电接口板位。可放置的电接口板有 PD2/PM2/TDA。

5：SCB，系统控制板位。可放置的单板有交叉 X42、主控 SCC、时钟 STG、公务 OHP2。

A：防尘网，电源滤波板，POI。

B：风扇板位，FAN。

4.1.2　操作一　配置中兴 ET1 板

1. 任务工单

任务工单如表 4.1 所示。

表 4.1　　　　　　　　　　　　　　　　任务工单 4–1

项目名称	系统单板配置				
工作任务	配置中兴 ET1 板				
任务内容	配置中兴设备 2Mbit/s 电接口板 ① 每个小组根据指定中兴传输系统设备配置 2Mbit/s 接口板 ② 激活 2Mbit/s 接口，并做时隙交叉配置，与指定（另一小组）的 2Mbit/s 接口链接 ③ 配置保护通道				
工作要求	① 两个小组所配的接口连接状态进行验证 ② 遵守操作规程				
专业班级	组号	组员			
		学号			
		姓名			

任务执行情况记录（包括执行人员分工情况、任务完成流程与情况、任务执行过程中所遇到的问题及处理情况）			
组长签字		完成时间	

2. 回执单

业务时隙配置表如表 4.2 所示。

表 4.2 业务时隙配置表

网元	时隙（入）	时隙（出）
本端		
对端		

保护时隙配置表如表 4.3 所示。

表 4.3 保护时隙配置表

网元	时隙（入）	时隙（出）
本端		
对端		
迂回节点		

3. 考核标准

考核标准如表 4.4 所示。

表 4.4 考核标准

考核方面	考核要点及分值分配	得分情况
专业知识	1. 2Mbit/s 信号形成 STM-1 的过程（10 分）	
	2. 通道保护的特点（10 分）	
	3. 开销 E1、E2 的含义（5 分）	
职业能力	1. 能否按照要求配置单板（10 分）	
	2. 是否按要求配置 2Mbit/s 通道（10 分）	
	3. 2Mbit/s 通道是否连接（10 分）	
	4. 通道保护是否有效（5 分）	
	5. 2Mbit/s 接口的标签是否规范（5 分）	
职业素质	1. 是否按照流程操作（10 分）	
	2. 是否与对端小组沟通解决问题（10 分）	
	3. 小组内其他成员的所配通道是否连接（5 分）	
	4. 是否按要求做好记录（5 分）	
	5. 工作完成后是否清理现场（5 分）	

4．操作指导

① 登录中兴网管。

② 安装单板。全选所有网元，双击网元，弹出单板管理界面，分别给各网元安装2Mbit/s单板（ET1）。单板安装如图4.8所示。

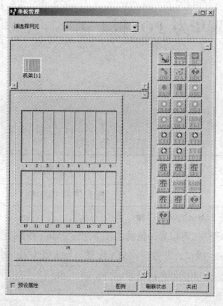

图4.8　安装单板

③ 网元连接。全选所有网元，打开网元间连接配置对话框，根据实际系统设备连接情况进行具体的连接设置（之前有操作过设备连接的任务，在这里就不再具体描述）。

④ 业务配置。进行业务间选择"连接配置"，填写回执单中的业务配置时隙表。

选择要配置业务的网元，单击"设备管理→SDH管理→业务配置"，打开业务配置对话框，如图4.9所示。

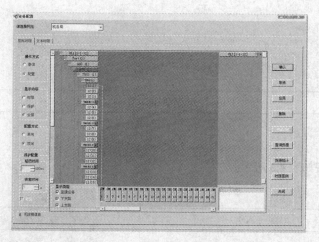

图4.9　在业务配置对话框中配置ET1单板的2Mbit/s业务连接

⑤ 通道保护配置。在已配置 2Mbit/s 工作时隙通路的基础上，再配置经过另一个不同路由的保护时隙。配置方法与业务配置相同（之前已经学习过通道保护的配置，这里就不具体描述了）。配置完成后填写回执单中的保护时隙配置表。

⑥ 将所配置的接口用 2Mbit/s 线连接起来（在 DDF 上环回），并在网管中查看，连接后是否显示正常。若不正常，检查所做的配置是否正确。

4.1.3 操作二　配置华为 PQ1 板

1. 任务工单

任务工单如表 4.5 所示。

表 4.5　　　　　　　　　　　　　　任务工单 4-2

项目名称	系统单板配置					
工作任务	配置华为 PQ1 板					
任务内容	配置华为设备 2Mbit/s 电接口板 ① 每个小组根据指定华为传输系统设备配置 2Mbit/s 接口板 ② 激活 2Mbit/s 接口，并做时隙交叉配置，与指定（另一小组）的 2Mbit/s 接口链接					
工作要求	① 两个小组所配的接口连接状态进行验证 ② 遵守操作规程					
专业班级	组号		组员			
		学号				
		姓名				
任务执行情况记录（包括执行人员分工情况、任务完成流程与情况、任务执行过程中所遇到的问题及处理情况）						
组长签字		完成时间				

2. 回执单

业务时隙配置表如表 4.6 所示。

表 4.6　　　　　　　　　　　　　业务时隙配置表

网元	时隙（入）	时隙（出）
本端		
对端		

3．考核标准

考核标准如表 4.7 所示。

表 4.7　　　　　　　　　　　　考核标准

考核方面	考核要点及分值分配	得分情况
专业知识	1．华为 PQ1 板功能（10 分）	
	2．开销 HPOH、LPOH 的区别（15 分）	
职业能力	1．能否按照要求配置单板（10 分）	
	2．是否按要求配置 2Mbit/s 业务（10 分）	
	3．2Mbit/s 业务通道是否连接（15 分）	
	4．2Mbit/s 接口的标签是否规范（5 分）	
职业素质	1．是否按照流程操作（10 分）	
	2．是否与对端小组沟通解决问题（10 分）	
	3．小组内其他成员的所配业务通道是否连接（5 分）	
	4．是否按要求做好记录（5 分）	
	5．工作完成后是否清理现场（5 分）	

4．操作指导

① 登录网管。

② 配置单板。按照之前学过的操作方法配置 2Mbit/s 单板。

③ 配置业务。选择"配置→SDH 配置→SDH 业务配置"，选择所要配置业务的网元。单击"新建"按钮，弹出"新建 SDH 业务"对话框，如图 4.10 所示，在对话框中选择相应的源与宿。

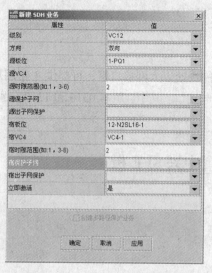

图 4.10　配置 2Mbit/s 单板

④ 业务配置完毕后，给相应的 2Mbit/s 端口做好业务连接，连接完毕后查看网管，看是否显示正常。

4.2 任务二 配置 10/100Mbit/s 以太网接口板

4.2.1 任务准备

1. 以太网相关知识

（1）以太网单板的 3 种常用运行方式

① 透传模式：用户端口与系统端口之间的数据是透明传输的。这种模式下是不需要建立虚拟局域网模式的。

② 虚拟通道模式：所谓虚拟通道，就是它能支持各种协议包的透明传输，但它是要按照 VLAN 来进行行业务数据的转发。因此，在该模式下，要对用户端口和系统端口进行 VLAN 模式的设置，也需要创建虚拟局域网模式。

③ 虚拟局域网模式：在这种模式下，必须要给用户端口和系统端口设置相应的 VLAN 模式。

（2）VLAN 模式

如果采用虚拟局域网模式，那么就要在网管中设置相应的 VLAN 模式。VLAN 模式有接入模式和干线模式两种。

接入模式是专门针对进入以太网单板的没有 VLAN tag 的数据。而干线模式则相反，是有 VLAN tag 的数据。

但一般情况下，系统端口大多设置为干线模式。而用户端口则根据数据有没有 VLAN tag，可分别设置为接入模式或干线模式。

当用户端口设置为接入模式后，就必须配置 PVID。而且，在虚拟局域网中创建的 VLAN 要与所配置的用户端口接入模式 PVID 一致。

2. S330 SFE 单板介绍

S330 设备的 SFE 板为智能快速以太网接口板，可提供 4 路用户端口和 6 路系统端口，并能支持 10/100Mbit/s 以太网光、电接口。其中，版本 0310 和 1310 分别表示 SFE 电接口板和 SFE 光接口板。

4.2.2 操作一 配置中兴 SFE 板

1. 任务工单

任务工单如表 4.8 所示。

表 4.8   任务工单 4-3

项目名称	系统单板配置
工作任务	配置中兴 SFE 板

续表

任务内容	① 每个小组根据指定中兴 S330 系统配置 10/100Mbit/s 以太网接口板 ② 激活以太网接口，并做时隙交叉配置，与指定（另一小组）的接口链接 ③ 配置通道保护、时钟
工作要求	① 两个小组所配的接口链接状态进行验证 ② 遵守操作规程

专业班级	组号		组员					
		学号						
		姓名						

任务执行情况记录 （包括执行人员分工情况、任务完成流程与情况、任务执行过程中所遇到的问题及处理情况）	
组长签字	完成时间

2．回执单

连接关系表如表 4.9 所示。

表 4.9　　　　　　　　　　　　连接关系表

序号	源网元	目的网元

业务时隙配置表如表 4.10 所示。

表 4.10　　　　　　　　　　　业务时隙配置表

网元	时隙（入）	时隙（出）
本端		
对端		

保护时隙配置表如表 4.11 所示。

表 4.11　　　　　　　　　　　保护时隙配置表

网元	时隙（入）	时隙（出）
本端		
对端		
迂回节点		

3．考核标准

考核标准如表 4.12 所示。

表 4.12　　　　　　　　　　　　　　　　考核标准

考核方面	考核要点及分值分配	得分情况
专业知识	1．140Mbit/s 信号形成 STM-1 的过程（10 分）	
	2．以太网接口板的特点（10 分）	
	3．开销 S1 的含义（5 分）	
职业能力	1．能否按照要求配置单板（10 分）	
	2．是否按要求配置通道保护（10 分）	
	3．通道是否连接（10 分）	
	4．通道保护是否有效（5 分）	
	5．接口的标签是否规范（5 分）	
职业素质	1．是否按照流程操作（10 分）	
	2．是否与对端小组沟通解决问题（10 分）	
	3．小组内其他成员的所配通道是否连接（5 分）	
	4．是否按要求做好记录（5 分）	
	5．工作完成后是否清理现场（5 分）	

4．操作指导

① 登录网管。

② 配置单板。按照之前学习过的操作方法配置相应的单板。

③ 以太网配置。配置完所有单板后，在单板管理对话框中，右键单击 SFE 单板，单击"属性"进入 SFE 单板属性对话框。单击"高级"按钮，可看到高级属性对话框，如图 4.11 所示。

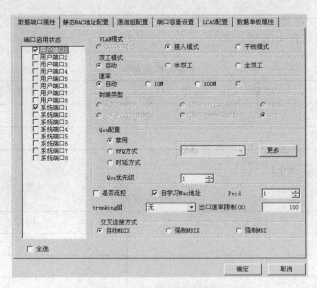

图 4.11　以太网端口配置

分别对用户端口和系统端口进行相应属性的配置。

点选"通道组配置"选项卡，在"通道组配置"窗口中选择相应的通道，如图 4.12 所示。如果是 10Mbit/s 以太网，则需要 5 个 VC-12 的 2Mbit/s 通道。

注意，以太网业务是以 2Mbit/s 业务通道来进行承载的（之前介绍的复用结构中并没有专门的 10Mbit/s 或 100Mbit/s 的容器通道）。

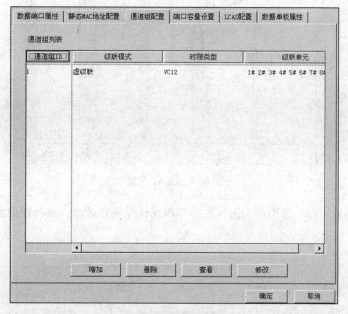

图 4.12　通道组配置

单击"端口容量设置"选项卡，进入端口容量设置对话框，为系统端口分配通道，如图 4.13 所示。

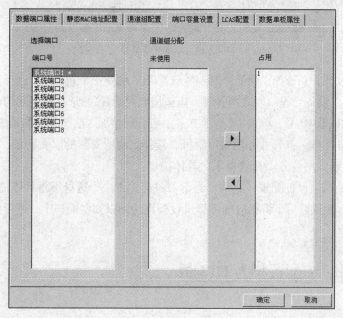

图 4.13　端口配置

单击"LCAS 配置"选项卡，进入 LCAS 配置对话框，进行 LCAS 使能配置，如图 4.14 所示。

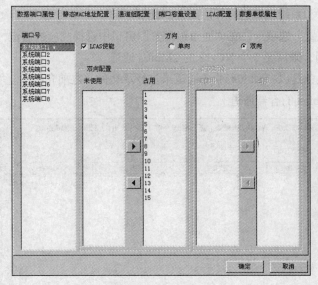

图 4.14　LCAS 配置

单击"数据单板属性"选项卡，进入数据单板属性配置对话框，选择相应的运行模式，如图 4.15 所示。

图 4.15　数据单板属性

④ 创建 VLAN 用户。选择"业务管理→客户管理"，创建一个新客户。选择需要以太网 VLAN 业务的网元，选择"设备管理→以太网管理→虚拟局域网配置"，选择所创建的客户，单击"增加 VLAN"，填上名称以及 ID 号，单击"新增"按钮，再分别增加之前所配置的系统端口和用户端口。

⑤ 以太网业务配置。打开业务配置对话框，选择之前所安装的以太网板，根据 2Mbit/s 业务配置的方法来配置以太网业务。在这里不再具体描述。

⑥ 时钟配置及通道保护配置。之前已经学习过配置方法，这里不再具体描述。

⑦ 连接测试。配置好后，将相应的计算机设备连接到以太网端口上，进行数据测试，看是否能测通。

4.2.3　操作二　配置华为 ET1 板

1. 任务工单

任务工单如表 4.13 所示。

表 4.13   任务工单 4-4

项目名称	系统单板配置					
工作任务	配置华为 ET1 板					
任务内容	① 每个小组根据指定华为系统配置 10/100Mbit/s 以太网接口板 ② 激活以太网接口，并做时隙交叉配置，与指定（另一小组）的接口链接 ③ 配置通道保护、时钟					
工作要求	① 两个小组所配的接口链接状态进行验证 ② 遵守操作规程					
专业班级	组号	组员				
		学号				
		姓名				
任务执行情况记录 （包括执行人员分工情况、任务完成流程与情况、任务执行过程中所遇到的问题及处理情况）						
组长签字		完成时间				

2. 回执单

业务时隙配置表如表 4.14 所示。

表 4.14   业务时隙配置表

网元	时隙（入）	时隙（出）
本端		
对端		

保护时隙配置表如表 4.15 所示。

表 4.15   保护时隙配置表

网元	时隙（入）	时隙（出）
本端		
对端		
迂回节点		

3．考核标准

考核标准如表4.16所示。

表4.16 考核标准

考核方面	考核要点及分值分配	得分情况
专业知识	1．34Mbit/s信号形成STM-1的过程（10分）	
	2．华为以太网接口板的特点（10分）	
	3．同步方式有几种（5分）	
职业能力	1．能否按照要求配置单板（10分）	
	2．是否按要求配置通道保护（10分）	
	3．通道是否连接（10分）	
	4．通道保护是否有效（5分）	
	5．接口的标签是否规范（5分）	
职业素质	1．是否按照流程操作（10分）	
	2．是否与对端小组沟通解决问题（10分）	
	3．小组内其他成员的所配通道是否连接（5分）	
	4．是否按要求做好记录（5分）	
	5．工作完成后是否清理现场（5分）	

4．操作指导

① 设置出子网端口。选择"视图→保护视图"，选择以太网包含的网元，单击鼠标右键，在弹出的快捷菜单中选择"出子网光口管理"选项。在网元出子网光口管理对话框中，选择要设置的以太网网元，在"未创建光口"一栏中选择相应光口，单击"创建"按钮，将该光口移到已创建光口一栏中，如图4.16所示。

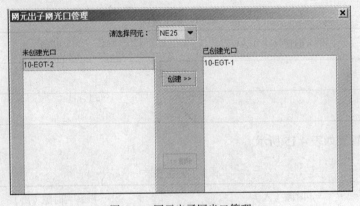

图4.16 网元出子网光口管理

② 配置端口属性。在主菜单中选择"配置→以太网配置→以太网接口→以太网接口"。选择"内部端口"选项，选择"端口属性"选项卡，并选择以太网板，根据实际情况来配置内部端口属性，如图4.17所示。设置完成后单击"应用"按钮，然后再配置其他网元。

端口	TAG标识	缺省VLAN ID...	用户ID	VLAN优先级
4-ET1S-VCTRUNK1	Tag Aware	1	1	0
4-ET1S-VCTRUNK2	Tag Aware	1	1	0
4-ET1S-VCTRUNK3	Tag Aware	1	1	0
4-ET1S-VCTRUNK4	Tag Aware	1	0	0

图 4.17　配置端口属性

③ 配置外部端口属性。配置外部端口属性与配置内部端口属性操作类似，不同之处就在选择"外部端口"选项，如图 4.18 所示。

端口	TAG标识	缺省VLAN ID	用户ID	VLAN优先级	流控使能	端口使能	工作模式	最大包长度
4-ET1S-MAC1	Tag Aware	1	1	0	允许	允许	自协商	1522
4-ET1S-MAC2	Tag Aware	1	1	0	允许	允许	自协商	1522
4-ET1S-MAC3	Tag Aware	1	0	0	允许	禁止	自协商	1522
4-ET1S-MAC4	Tag Aware	1	0	0	允许	禁止	自协商	1522

图 4.18　配置外部端口属性

④ 配置绑定通道。在主菜单中选择"配置→以太网配置→以太网接口→以太网接口"。选中"内部端口"，选择"绑定通道"，在左下角选择以太网单板，单击"》"按钮，单击"配置…"，出现"绑定通道配置"窗口，如图 4.19 所示。

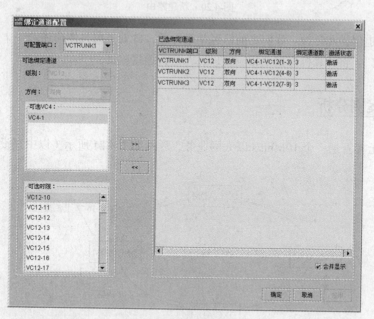

图 4.19　配置绑定通道

按照图 4.19 所示提示，选择"VCTRUNK 端口"作为可配置端口，在"可绑定通道"中选择 VC12。单击"》"按钮，选中的时隙将出现在已选绑定通道中（此处与中兴设备做比较，之前配置中兴设备以太网单板时候，绑定的通道也是以 VC12 为基础的。一个 VC12 可承载一个 2Mbit/s 业务，如果要开设 20Mbit/s 以太网业务，那么需要绑定多少个 VC12 通道？能否用 VC4 来承载这个业务？）。全部配置完成后，单击“确定”按钮。

⑤ 配置以太网业务。与中兴设备配置以太网业务类似，打开 SDH 业务配置对话框，创建 VC12 新业务。这里的配置就跟前面配置普通 2Mbit/s 业务的步骤一样。

⑥ 配置静态路由。在主菜单里，选择“配置→以太网配置→以太网透传→静态路由管理”。在左下角选择需要配置的网元，单击“》”按钮。单击“查询”按钮，可查出该网元以太网板的静态路由情况。单击“新建”按钮，可设置新的静态路由，如图 4.20 所示，选择相应参数。

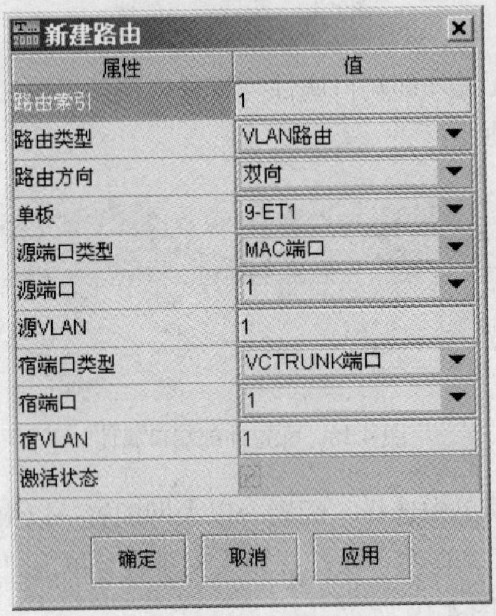

新建路由
属性
值
路由索引
1
路由类型
VLAN路由
路由方向
双向
单板
9-ET1
源端口类型
MAC端口
源端口
1
源VLAN
1
宿端口类型
VCTRUNK端口
宿端口
1
宿VLAN
1
激活状态
确定
取消
应用

图 4.20　新建路由

⑦ 配置通道保护和时钟。我们之前已经学过配置，此处不再具体描述。

⑧ 连接接口。将计算机连接上相应接口，并进行连接验证。

4.2.4　案例分析

现需给网元 A 开通一个 10Mbit/s 以太网业务，环网如图 4.21 所示（以中兴设备为例）。

DXC/ADM
STM-16
上汇聚层
A
DXC/ADM
STM-16
DXC/ADM
DXC/ADM

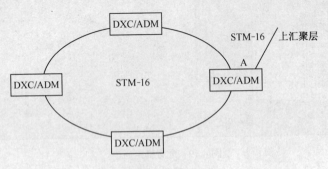

图 4.21　案例分析

首先查询网元 A 是否有安装以太网板，并查询是否有可用的 2Mbit/s 时隙。然后给网元 A 的 SFE 单板进行基本设置。启用系统端口和用户端口，用户端口采用接入模式，系统端口采用干线模式。PVid 为 1，配置 10 个 VC12 通道承载，采用虚拟局域网模式，如图 4.22 和图 4.23 所示。

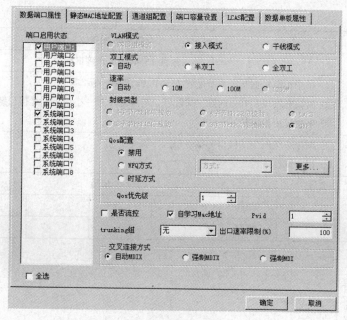

图 4.22　数据端口属性

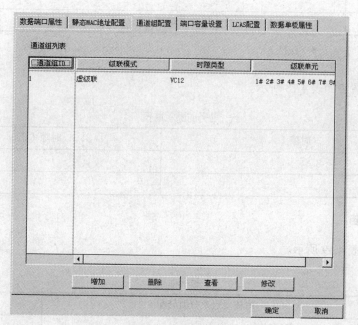

图 4.23　通道组配置

为该以太网业务的受益者新建一个新客户。最后在业务配置对话框中配置 5 个 2Mbit/s 业务。

4.3　项目升级　配置 155Mbit/s 光接口板

1. 任务工单

任务工单如表 4.17 所示。

表 4.17   任务工单 4-5

项目名称	系统单板配置				
工作任务	配置 155Mbit/s 光接口板				
任务内容	① 每个小组根据指定系统配置 155Mbit/s 光接口板 ② 激活光接口，并做时隙交叉配置，与指定（另一小组）的光接口链接 ③ 配置复用段保护				
工作要求	① 两个小组所配的接口链接状态进行验证 ② 遵守操作规程				
专业班级	组号		组员		
		学号			
		姓名			
任务执行情况记录 （包括执行人员分工情况、任务完成流程与情况、任务执行过程中所遇到的问题及处理情况）					
组长签字		完成时间			

2. 回执单

业务时隙配置表如表 4.18 所示。

表 4.18   业务时隙配置表

网元	时隙（入）	时隙（出）
本端		
对端		

3. 考核标准

考核标准如表 4.19 所示。

表 4.19   考核标准

考核方面	考核要点及分值分配	得分情况
专业知识	1. SDH 复用结构（10 分）	
	2. 复用段保护的特点（10 分）	
	3. 开销 K1、K2 的含义（5 分）	
职业能力	1. 能否按照要求配置单板（10 分）	
	2. 是否按要求配置通道（10 分）	
	3. 通道是否连接（10 分）	
	4. 复用段保护是否有效（5 分）	
	5. 接口的标签是否规范（5 分）	

续表

职业素质	1. 是否按照流程操作（10分）	
	2. 是否与对端小组沟通解决问题（10分）	
	3. 小组内其他成员的所配通道是否连接（5分）	
	4. 是否按要求做好记录（5分）	
	5. 工作完成后是否清理现场（5分）	

4．操作指导

① 登录网管系统。

② 配置155Mbit/s单板。其配置方法与之前配置2Mbit/s业务的方法相同。

③ 配置复用段保护。

④ 连接检查。

4.4　项目小结

本项目主要学习如何配置系统单板，常用的业务单板有 2Mbit/s 板、以太网板。本项目需要掌握以下内容。

① SDH 设备的逻辑功能块及逻辑组成。通过学习，能理解 SDH 设备内部功能组成结构，并理解各个单板的功能和对应的逻辑功能块。

② 以太网相关知识，虚拟局域网的设置。

习　题

1. 中兴 S330 设备中哪个单板可实现将多个 2Mbit/s 板的业务合成为一组 AU-4 号？（　　　）

   A. 风扇板　　　B. 交叉板　　　　C. 电源板　　　　D. 时钟板

2. 有关逻辑功能块的描述，以下说法错误的是（　　　）。

   A. SPI 是 SDH 物理接口功能块　　　　　　B. HOI 是高阶接口功能块

   C. MSP 是复用段适配功能块　　　　　　　D. PPI 是 1.5Mbit/s 接口功能块

3. 请画出 ADM 设备的逻辑功能结构图。

第 三 篇
传输系统运行与维护

学习目标

1. 学会传输系统日常维护操作：了解维护要求、机房维护制度、维护操作注意事项以及设备、网管例行维护操作。

2. 能够处理传输系统常见故障，能掌握传输机务员的故障处理维护技能。

项目五

日常维护

　　机房管理一般要满足以下要求。保持机房整齐、清洁，设备排列正规，布线整齐，各类物品应定位存放；配备的备品备件柜、仪器仪表柜、工器具柜和资料文件柜等应符合阻燃要求。照明应能够满足设备的维护检修要求，并配备应急照明设备；各类照明设备应由专人负责，定期检查。机房温度应保持在 20±5℃范围内，相对湿度为 30%～75%。机房内应预留足够的空间，确保维护工作的开展；门内外、通道、路口、设备前后和窗户附近不得堆放物品和杂物，以免妨碍通行和工作。机房应采取有效的防尘措施，备有工作服和工作鞋，门窗要严密；有防静电措施，如防静电地板、防静电手环等。机房的控制操作室应保持空气新鲜，运维人员在进行显示终端操作时应有防辐射措施。定期对磁带（光盘）进行检测，不符合指标要求或超出使用期限的应及时淘汰。存放、运输各种计费带、后备带、软盘等应有防磁屏蔽保护设施。

　　日常维护包括日常值班工作内容以及维护项目。日常维护项目是指在工作计划内的工作项目，每年的年底由技术主管制订好下一年度的工作计划，并报主管领导审核，包括日报、周报、月报、年报。日报是每天都必须要完成的测试项目，即每天值班人员必须完成的工作内容；周报是每周要完成的项目，制订计划时应指定在一周内的哪天完成；月报是一个月内需要完成的项目，具体的每个项目需要计划好在一个月内的哪一天完成；年报是一年内只需做一次的工作项目，如倒换测试，因为这些测试项目可能对网络运行造成影响。

5.1 任务一 日常值班

5.1.1 任务准备

1. 日常工作流程

① 提前10分钟到机房，巡检机房，包括设备状况、网管状况、仪表、工具、机房卫生、机房环境。

② 交接班，详见交接班制度，并填写值班日志。

③ 查看当天需要完成的工作项目，包括任务工单、未处理完故障、日常报表。值班日志见表5.1。

④ 交接班应严格遵守交接班制度。交接班制度如下。

a. 交接班必须严肃认真，做到手续清、责任明。交班者要事先做好交接班准备工作，交接时应全员参加，认真介绍情况；接班者要认真检查全部设备，主动问清情况和问题。

b. 在交接班过程中发生的问题由交班者负责处理。接班人员未到岗，交班者必须坚守岗位。

c. 交接班的主要内容如下。

ⓐ 交班者应向接班者说明：上级有关指示和业务通知，设备的运行情况，中继线及路由的变更情况，故障情况及其处理过程，局数据修改情况，机房温湿度，未完事项和其他需由接班人员继续处理和监护的问题。

ⓑ 接班者应检查交换设备及外设终端设备的运用情况，清点检查系统存档磁带（盘）、备品备件、文件资料、工具仪表等是否齐全良好。

ⓒ 交班时，交班者应做到机房干净整洁，一切有序。

ⓓ 其他需交接的事宜。

d. 交接完毕，双方在值班日志上签字后，交班人员方可离岗。交接班后，由于漏交和错交而产生的问题，由交班者负责；由于漏接错接而产生的问题，由接班者负责；交接双方未发现的问题，双方都要承担责任。

其中具体内容说明如下。

① 上级指示：上级领导或部门通知的事项，如检查安全工作、培训项目情况等。

② 工作项目：包括数据制作、报表制作、任务工单，详见本项目任务二。

③ 故障处理情况：简单说明处理的故障，详细情况见故障记录表，详见故障处理部分内容。

④ 仪器、工具使用情况：说明当天所用的仪器、工具情况，如未使用填"无"。

⑤ 备板使用情况：如有某站点需要更换板块，需做好记录，并在备品备件记录本上登记。

⑥ 台账更改情况：新增、删除、修改电路情况，并同时修改电路台账、标签。

2. 值班日志

值班日志表格如表 5.1 所示。

表 5.1　　　　　　　　　　　　　值班日志

　　　　　　　　　　　　　___年___月___日 星期___ 天气_____ 温/湿度_____

交班人		接班人		时间	（填详细值班时间段）
值班情况	需填写以下内容 ① 上级指示 ② 所做工作项目，包括做数据、用户接入、报表制作 ③ 故障处理情况 ④ 仪表、工具使用情况 ⑤ 备板使用情况 ⑥ 台账更改情况				
交接情况	设备告警检查				
	网管告警情况				
	仪器是否正常				
	工具是否齐全				
	机房是否清洁				
	需交接的主要内容 （包括未处理完成的工作、注意事项、需要继续向下一班交代的事项）				
主管签字确认					

3. 告警检查

常用的设备巡检包括设备声音告警检查、机柜指示灯观察、单板指示灯观察以及业务检查。告警分为紧急告警、主要告警、次要告警、告警指示 4 个等级，不同的等级表示不同的告警等级。紧急告警说明故障已经影响业务正常运行，必须立即解决；主要告警说明有故障，但还没有造成业务中断，但存在很大隐患；次要告警是指对业务运行影响不是很大的告警信息；告警指示是指对业务运行不造成影响的信息。告警等级可在网管内进行设置。下面以中兴设备为例进行详细说明。

（1）检查设备声音告警

在日常维护中，设备的告警声更容易引起维护人员的注意，因此在日常维护中应该保证设备告警时能够发出声音。而设备正常时是不会告警的，如果设备长期处于正常状态而不去检查告警功能，当出现告警时不能保证设备能正常告警而延误处理故障时间，该项检查就是为了检查设备是否能在设备出故障时发出告警声音。

检查人为制造告警有多种方法，现列举其中两种。

① 中断一个备用端口，看在端口中断情况下设备是否能告警。

② 利用网管软件进行"告警反转"操作，检查告警声音。告警反转就是将某个正常状态设为告警状态，如将端口连接正常状态设为告警，此时检查设备是否会告警。

注意，检查完后必须恢复原来状态。

通常以发生告警时，机柜和列头柜应能发出告警声音作为检查的标准。

出现异常的处理方法如下。

① 检查截铃开关是否置于"Normal"状态。

② 检查告警门板、子架接口区中的"ALARM_SHOW"接口、截铃开关三者间的电缆连接。

③ 如果告警外接到列头柜，应检查外部告警电缆连接。

（2）观察机柜指示灯

机柜指示灯作为监视设备运行状态的途径之一，在日常维护中具有非常重要的作用。应定期检查列头柜、设备告警门板上的指示灯是否正常，保证指示灯的状态正确反映设备是否有告警以及告警的级别。

检查的方法是观察机柜顶部的指示灯状态。

指示灯位于机柜前门顶部，有红、黄、绿 3 个不同颜色的指示灯。在设备正常工作时，机柜指示灯应该只有绿灯亮。

一般机柜指示灯的含义如表 5.2 所示。

表5.2 机柜指示灯及含义

指示灯	名称	状态	
		亮	灭
红灯	紧急或主要告警指示灯	设备有紧急或主要告警，一般伴有声音告警	设备无紧急或主要告警
黄灯	次要告警指示灯	设备有次要告警	设备无次要告警
绿灯	电源指示灯	设备供电电源正常	设备供电电源中断

当机柜指示灯有红灯、黄灯亮时，应进一步查看单板指示灯，并及时通知中心站的网管操作人员，查看设备告警、性能信息。

（3）观察单板指示灯

机柜顶部指示灯的告警状态仅可预示本端设备的故障隐患或者对端设备存在的故障。因此，在观察机柜指示灯后，还需进一步观察设备各单板的告警指示灯，了解设备的运行状态。

检查的方法是观察单板的指示灯状态。

检查的标准需要参考设备说明书。以图 5.1 所示 OL64 板（STM-64 光线路板）为例。检查时，首先看 NOM 灯绿灯是否亮，亮表示该板加电正常，处于运行状态；灭则表示该板未能正常运行。再看 ALM1 和 ALM2 灯，如灭，表示无告警；如 ALM1 黄灯亮，表示有次要告警；ALM2 红灯亮，表示有主要告警。但具体是什么告警信息必须登录网管查看该网元告警信息。RX 灯亮表示光口接收到光信号，TX 亮表示激光器发送光信号。

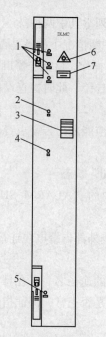

1－单板运行状态指示灯 2－收光口指示灯 3－收发光口 4－发光口指示灯

5－复位孔 6－激光警告标识 7－激光等级标识

图 5.1 OL64 的面板

表 5.3 所示为 OL64 的面板指示灯含义。

表 5.3   OL64 的面板指示灯含义

	NOM	绿灯，正常运行指示灯
	ALM1	黄灯，告警指示灯 1
指示灯	ALM2	红灯，告警指示灯 2
	RX	绿灯，收光口指示灯
	TX	绿灯，发光口指示灯

4．网管每日的例行维护操作

（1）登录网管

以低权限用户登录网管，能正常登录网管。为防止非法用户登录网管软件，保障设备正常运行和业务安全，应定期更改网管用户的登录口令，并对网管操作人员指定合适的操作权限。网管软件中提供了 4 种用户等级：系统管理员、系统维护员、系统操作员和系统监视员。每种级别的用户具有特定的操作权限。

如不能正常登录，应对设备与网管间的连接进行检查。

（2）监视拓扑图，检查网元状态

用户可以通过导航树、拓扑图、网元图标以及网元安装窗口，对当前子网、网元的运行状态进行监视，并可由告警时发出的声音和告警标志的颜色来判断告警级别。通过网管登录各网元，查看网元的状态是否正常。

（3）检查单板状态

查看单板在位和开工情况，板位图上的单板应在位、开工。

（4）查看告警

查看当前、历史告警，无不明告警和严重告警。

① 统计当前告警。浏览特定时间段各网元不同级别告警数量，以便从总体上把握这段时间内全网的故障状况 。

② 浏览当前告警。浏览当前告警包括浏览单个网元告警和路径告警，根据关注重点指定告警产生时间、结束时间、告警级别和告警类型等条件。

③ 浏览历史告警。浏览单个网元和路径的历史告警，为分析当前故障提供依据，如果需要，可设置产生时间、结束时间、告警级别或告警类型。

④ 浏览异常事件。

⑤ 浏览被抑制告警。要求购买的 License 支持告警相关分析功能，并且已启动告警相关性分析，有告警产生。

⑥ 浏览以太网/ATM 端口告警。要求已经配置以太网业务，已经设置以太网端口告警使能，未设置 ATM 端口告警屏蔽。

⑦ 清除网元告警指示。通过网管清除网元机柜顶上的告警灯指示。注意，当网元产生新的告警时，又会产生告警指示。

（5）监视性能事件

可以对网元的性能信息进行监视。通过监视网元的性能信息，用户可以了解网元当前的业务性能，及时发现和处理网元的性能信息。

① 查询当前、历史性能数据。性能上报正常；误码、指针调整性能数据符合国标；无性能数据越限。

② 浏览当前性能。

③ 浏览历史性能。

④ 浏览不可用时间（Unavailable Time，UAT）记录。当监视对象产生 10 个连续严重误码秒（SES）时即上报不可用时间事件，并开始计入不可用时间，直到连续 10s 内每秒误码率均优于 10^{-3} 时不可用时间事件结束。

注意选择是从网元侧查询还是从网管侧查询。

⑤ 从网元侧查询。下发命令到网元，从网元的当前寄存器和历史寄存器中读取数据，维护中主要采取这种操作方法。

⑥ 从网管侧查询。在网管中有个库用来存储从网元查询上来的历史性能，选择从网管侧查询则查询的是历史的性能，而无法查询当前性能。

⑦ 浏览性能越限时间记录。

⑧ 复位网元性能寄存器。

在网络调试完成投入营运前或设备故障恢复后，如何复位网元性能寄存器，刷新性能记录，以免原有无效数据干扰以后性能分析。

⑨ 分析历史性能数据。以图形方式表示历史性能数据，以便更直观地分析历史性能数据，了解性能的变化趋势。

（6）检查设备环境变量

无温度和电压告警；温度性能数据正常。

（7）记录查询日志

使用操作日志查询功能，没有非法登录网管操作，无不明数据更改操作。

（8）检查保护倒换

检查倒换状态、倒换告警。

5．日常维护注意事项

日常维护应遵守以下注意事项。

① 保持机房清洁干净，防尘防潮，防止鼠虫进入。

② 每天对设备进行例行检查和测试，并记录检查结果。

③ 每两周擦洗一次风扇防尘网，如果发现设备表面温度过高，应检查防尘网是否堵塞，风扇必须打开。

④ 维修设备时按相应规范说明书进行，避免因人为因素而造成事故。

⑤ 设备硬件进行操作时应实施防静电保护措施。

⑥ 调整光纤和电缆时一定要慎重，调整前一定要作标记，以防恢复时线序混乱，造成误接。

⑦ 对定期对线路进行检查，建议在允许的情况下（如组网为自愈环）每年对线路上的在用光纤和备用光纤进行质量测试。

⑧ 传输网管口令应该严格管理，定期更改，并只向维护责任人发放，系统级口令应该只有维护责任人掌握。

⑨ 严禁向传输网管计算机装入其他软件，严禁用传输网管计算机玩游戏；网管计算机安装病毒实时检测软件，定期杀毒。

⑩ 网管计算机使用 UPS 供电，并定期备份数据。

⑪ 遇有不明原因告警时，与厂家联系。

6．维护工作纪律

维护工作纪律包括"三不动"、"三不离"、"三不放过"和"十不准"。

三不动：

① 检修前不联系好不动；

② 对设备不了解清楚不动；

③ 运用中的设备不动。

三不离：

① 检修完不复查试验好不离；

② 发现故障不排除不离；

③ 发现异状、异味、异声不查明原因不离。

三不放过：

① 事故原因不分析清楚不放过；

② 未定制度和采取安全防范措施不放过；

③ 事故责任人和职工未受到教育不放过。

十不准：

① 不准任意中断电路或业务；

② 不准任意加、甩、倒换设备；

③ 不准任意变更电路；

④ 不准任意配置数据；

⑤ 不准任意切断告警；

⑥ 不准借故推迟故障处理时间和隐瞒谎报故障；

⑦ 不准任意泄露用户信息；

⑧ 不准任意泄露监控系统口令；

⑨ 不准在监控系统上进行与维护无关的操作；

⑩ 不准业务联络电话无人接听。

5.1.2　操作一　记录设备面板灯

设备巡视是日常的工作项目之一，巡视后应做好相应的记录。观察传输设备的面板是巡视的主要项目，根据对具体网元设备的观察，完成表 5.4 所示任务工单。

表 5.4　　　　　　　　　　　　任务工单 5-1

项目名称	日常维护			
工作任务	记录设备面板灯			
任务内容	根据对传输网元面板的观察，完成以下任务 ① 图说明机架的组成部分 ② 机架子框内单元板的组成及面板灯指示情况			
工作要求	① 找到运行中的设备网元，并记录网元的编号与名称 ② 按照记录表格做好记录，说明告警状态，并说明当时的单元状态，如正常或存在紧急告警等 ③ 思考面板灯的意义 ④ 在表格中画出机架的组成部分			
专业班级	组号		组员	
		学号		
		姓名		
任务执行情况记录 （包括执行人员分工情况、任务完成流程与情况、任务执行过程中所遇到的问题及处理情况）				
组长签字		完成时间		

按照表 5.5 所示内容，根据设备不同型号填写具体的单元板型号名称，并观察单元处于什么样的告警状态，最后给出单元的状态说明。具体的单元类型可根据不同的设备类型来填写。以中兴 S330 为例，线路单元是 OL16，支路单元是 E1/T1、E3/T3 等。由于面板灯的指示只能表示处于什么级别的告警，但具体的告警信息还需要配合后面网管上的告警信息，才能准确了解单元状态。

表 5.5 面板灯指示记录表

序号	设备单元	具体单元名称	紧急告警	主要告警	一般告警	告警提示	单元状态说明
1	机架顶部指示灯						
2	主控单元						
3	线路交叉单元						
4	线路单元						
5	支路单元						
6	其他单元						

5.1.3 操作二 记录网管告警信息

查看网管信息是交接班以及日常巡视的重要内容,网管的告警信息可以提供设备运行的具体状况,可以帮助维护人员对故障进行准确定位。对于一个值班人员,查看告警是必须掌握的工作内容,也是一个维护人员的工作责任心的体现。根据网管上的信息,记录告警信息,完成表 5.6 所示任务工单。

表 5.6 任务工单 5-2

项目名称	日常维护						
工作任务	记录网管告警信息						
任务内容	打开传输网管系统的告警信息窗口,完成以下任务 ① 记录告警信息中的重要告警和主要告警,并解释告警信息的故障点及具体意义 ② 将告警信息进行分类汇总						
工作要求	① 找到运行中的设备网元,并记录网元的编号与名称 ② 按照记录表格做好记录,说明告警状态,并说明当时的单元状态 ③ 思考告警对网络的影响						
专业班级		组号		组员			
			学号				
			姓名				
任务执行情况记录 (包括执行人员分工情况、任务完成流程与情况、任务执行过程中所遇到的问题及处理情况)							
组长签字		完成时间					

5.2 任务二　制作月报表

5.2.1 任务准备

月报表是每个月内计划要进行维护的项目，每年年初技术主管就制订计划，将网络中的各网元的维护分配到每个月执行。表 5.7 所示为月度维护作业计划及进度表。

表 5.7　　　　　　　　　　　　月度维护作业计划及进度表

作业月份　20＿＿年＿＿＿月　　　　制表日期　20＿＿年＿＿＿月＿＿＿日　　　　　　　执行人＿＿＿＿＿＿＿

序号	作业项目及内容	日期	执行计划及进度																						完成任务情况
1	检查网管启动、关闭	计划																							
		执行																							
2	检查 ECC 路由	计划																							
		执行																							
3	同步网元时间	计划																							
		执行																							
4	查询单板配置信息	计划																							
		执行																							
5	DDF 及设备标签检查	计划																							
		执行																							
6	激光器发送光功率（抽测）	计划																							
		执行																							
7	光接收机接收灵敏度（抽测）	计划																							
		执行																							
8	备份网管数据库	计划																							
		执行																							
备注																									
审核		审核意见																							

每月的例行维护操作包括以下内容。

（1）检查网管启动、关闭

分别启动、关闭网管系统和网管计算机，检查启动和关闭是否正常。

（2）检查 ECC 路由

检查路由是否通畅，网元通信是否走最短路径。

（3）同步网元时间

检查网元时间与当前实际时间是否一致，所有网元时间是否一致。

（4）查询单板配置信息

检查配置数据与实际需求是否相符合，是否与最后一次更改记录结果相符合。

（5）更改网管用户口令

选择"系统→更改当前用户口令"，每月更改口令。

（6）转储网管告警/性能/日志

选择"告警→告警转储"，定期进行检查，检查网管运行是否正常。

（7）备份网管数据库

每月备份，确保网管和数据库运行正常。

① 备份单板配置数据。备份单板数据，以备单板异常或数据校验失败时，能自动从 Flash 中恢复配置数据；备份单板配置数据，同时还需要设备的支持，具体可咨询当地工程师。

② 备份网元数据库。备份数据库；备份网管数据库，以备数据库发生故障后能安全快速恢复。

（8）维护网管计算机

检查目录和硬盘空间，检查目录、文件是否正常，硬盘空间是否足够。

（9）检查硬件状态

检查鼠标、键盘、显示器、打印机等工作状态，是否可正常使用。

1．误码性能

误码性能是光纤数字通信系统质量的重要指标之一。误码也称差错，是指经接收、判决、再生后，数字码流中的某些比特发生了差错，使传输的信息质量产生损伤。误码的基本意思是在传输过程，当在发送端发送"1"码时，在接收端收到的却是"0"码；当发送端发送"0"码时，接收端收到的却是"1"码，这种收发信码间出现的数字差错就称为误码。在光纤数字传输系统的误码特性以误比特率（误码率 BER）衡量，定义为在测量时间周期内差错比特数与传输的总比特数之比，也可以定义错误接收的码元数与传输的码元数之比，即

$$BER=\frac{测量时间周期内差错比特数}{传输的总比特数}=\frac{错接收的码元数}{传输的码元数}$$

（1）误码的产生和分布

误码对传输系统有着严重的影响，轻则使系统稳定性下降，重则导致传输中断（10^{-3} 以上）。产生误码的主要原因是传输系统的脉冲抖动和噪声。从网络性能角度出发可将误码分成两大类。

① 内部机理产生的误码。系统的此种误码包括由各种噪声源产生的误码，定位抖动产生的误码，复用器、交叉连接设备和交换机产生的误码，以及由光纤色散产生的码间干扰引起的误码。此类误码会由系统长时间的误码性能反应出来。

② 脉冲干扰产生的误码。这是指由突发脉冲诸如电磁干扰、设备故障、电源瞬态干扰等原因产生的误码。此类误码具有突发性和大量性，系统往往突然间出现大量误码，可通过系统的短期误码性能反映出来。

（2）误码性能的度量

对误码性能的评定可以从两个方面来考虑。一方面，光纤数字通信系统传输的信息种类可以

是电话，亦可为数据等。传输电话时，根据任何语言的特点，并非一定要用每秒误码这种标准来衡量，仅需用每分钟误码这种数量级来描述即可。但是，对传输数据来讲，最关心的是在传输数据码组这种时刻有无误码产生。另一方面，误码不仅是随机地单个出现，它还具有突发性，成群地出现。

在考虑了这种因素之后，CCITT 建议在 27 500km 假设参考连接情况下，其误码率指标如表 5.8 所示。

表 5.8　　　　　　　　　　　　　　　　误码率指标

性能分类	定义	门限值	要求达到的指标	每次观测的时间
劣化分（DM）	每分钟的误码率劣于门限值	1×10^{-6}	平均时间百分数少于 10%	1min（1 分钟）
严重误码秒（SES）	1 秒钟内的误秒劣于门限值	1×10^{-3}	时间百分数少于 0.2%	1s（1 秒钟）
误码秒（ES）	每个观测秒内，出现误码数（与之对应的每个观测秒内未出现误码，则称之为无误码秒）	0	误码秒的时间百分数不得超过 8%（与之对应的无误码秒的时间百分数不少于 92%）	1s（1 秒钟）

表 5.8 中列出的时间百分数的含义是：为了有效地衡量和细致地描述出误码率随时间的变化情况，人们在一段较长时间 T_L 内观察误码的情况。这段时间 π 并无特别的规定，可以从几天到一个月。然后在 T_0 时间内（1 分钟或 1 秒钟）记录产生误码的个数并算出误码率。最后，计算出 T_L 时间内，T_0 间隔误码率超过某一门限值 m 的时间占总时间的百分数。

传统的误码性能的度量（G.821）是度量 64kbit/s 的通道在 27 500km 全程端到端连接的数字参考电路的误码性能，是以比特的错误情况为基础的。当传输网的传输速率越来越高，以比特为单位衡量系统的误码性能有其局限性。

目前高比特率通道的误码性能是以块为单位进行度量的（B1、B2、B3 监测的均是误码块），由此产生出以"块"为基础的一组参数。

① 误块。当块中的比特发生传输差错时称此块为误块。

② 误块秒（ES）和误块秒比（ESR）。当某 1s 中发现 1 个或多个误码块时称该秒为误块秒。在规定测量时间段内出现的误块秒总数与总的可用时间的比值称之为误块秒比。

③ 严重误块秒（SES）和严重误块秒比（SESR）。某 1 秒内包含有不少于 30% 的误块或者至少出现一个严重扰动期（SDP）时认为该秒为严重误块秒。其中严重扰动期指在测量时，在最小等效于 4 个连续块时间或者 1ms（取二者中较长时间段）时间段内所有连续块的误码率大于等于 10^{-2} 或者出现信号丢失。在测量时间段内出现的 SES 总数与总的可用时间之比称为严重误块秒比（SESR）。严重误块秒一般是由于脉冲干扰产生的突发误块，所以 SESR 往往反映出设备抗干扰的能力。

④ 背景误块（BBE）和背景误块比（BBER）。扣除不可用时间和 SES 期间出现的误块称之为背景误块（BBE）。BBE 数与在一段测量时间内扣除不可用时间和 SES 期间内所有块数后的总块数之比称背景误块比（BBER）。若这段测量时间较长，那么 BBER 反映的往往是设备内部产生的误码情况，与设备采用器件的性能稳定性有关。

（3）数字段相关的误码指标

ITU-T 将数字链路等效为全长 27 500km 的假设数字参考链路，并为链路的每一段分配最高误码性能指标，以便使主链路各段的误码情况在不高于该标准的条件下连成串之后能满足数字信号端到端（27 500km）正常传输的要求。

表 5.9、表 5.10、表 5.11 分别列出了 420km、280km、50km 数字段应满足的误码性能指标。

表 5.9　　　　　　　　　　　420km HRDS 误码性能指标

速率（kbit/s）	155520	622080	2488320
ESR	3.696×10^{-3}	待定	待定
SESR	4.62×10^{-5}	4.62×10^{-5}	4.62×10^{-5}
BBER	2.31×10^{-6}	2.31×10^{-6}	2.31×10^{-6}

表 5.10　　　　　　　　　　　280km HRDS 误码性能指标

速率（kbit/s）	155520	622080	2488320
ESR	2.464×10^{-3}	待定	待定
SESR	3.08×10^{-5}	3.08×10^{-5}	3.08×10^{-5}
BBER	3.08×10^{-6}	1.54×10^{-6}	1.54×10^{-6}

表 5.11　　　　　　　　　　　50km HRDS 误码性能指标

速率（kbit/s）	155520	622080	2488320
ESR	4.4×10^{-4}	待定	待定
SESR	5.5×10^{-6}	5.5×10^{-6}	5.5×10^{-6}
BBER	5.5×10^{-7}	2.7×10^{-7}	2.7×10^{-7}

（4）误码减少策略

① 内部误码的减小。改善收信机的信噪比是降低系统内部误码的主要途径。另外，适当选择发送机的消光比，改善接收机的均衡特性，减少定位抖动都有助于改善内部误码性能。在再生段的平均误码率低于 10^{-14} 数量级以下，可认为处于"无误码"运行状态。

② 外部干扰误码的减少。基本对策是加强所有设备的抗电磁干扰和静电放电能力，例如加强接地。此外，在系统设计规划时留有充足的冗度也是一种简单可行的对策。

2．光接口类型

光接口是同步光缆数字线路系统最具特色的部分。由于它实现了标准化，使得不同网元可以经光路直接相连，节约了不必要的光/电转换，避免了信号因此而带来的损伤（例如脉冲变形等），节约了网络运行成本。

按照应用场合的不同，可将光接口分为 3 类：局内通信光接口、短距离局间通信光接口和长距离局间通信光接口。不同的应用场合用不同的代码表示，如表 5.12 所示。

表5.12　　　　　　　　　　　　　　　光接口代码一览表

应用场合	局内	短距离局间		长距离局间		
工作波长（nm）	1310	1310	1550	1310	1550	
光纤类型	G.652	G.652	G.652	G.652	G.652	G.653
传输距离（km）	≤2	~15		~40	~60	
STM-1	I—1	S—1.1	S—1.2	L—1.1	L—1.2	L—1.3
STM-4	I—4	S—4.1	S—4.2	L—4.1	L—4.2	L—4.3
STM-16	I—16	S—16.1	S—16.2	L—16.1	L—16.2	L—16.3

代码的第一位字母表示应用场合：I 表示局内通信；S 表示短距离局间通信；L 表示长距离局间通信。横杠后的第一位表示 STM 的速率等级：例如 1 表示 STM-1；16 表示 STM-16。第二个数字（小数点后的第一个数字）表示工作的波长窗口和所用光纤类型：1 和空白表示工作窗口为 1310nm，所用光纤为 G.652 光纤；2 表示工作窗口为 1550 nm，所用光纤为 G.652 或 G.654 光纤；3 表示工作窗口为 1550nm，所用光纤为 G.653 光纤。

3．光接口参数

（1）光线路码型

前面讲过，SDH 系统中，由于帧结构中安排了丰富的开销字节来用于系统的 OAM 功能，所以线路码型不必像 PDH 那样通过线路编码加上冗余字节，以完成端到端的性能监控。SDH 系统的线路码型采用加扰的 NRZ 码，线路信号速率等于标准 STM-N 信号速率。

ITU-T 规范了对 NRZ 码的加扰方式，采用标准的 7 级扰码器，扰码生成多项式为 $1 + X^6 + X^7$，扰码序列长为 $2^7 - 1 = 127$（位）。这种方式的优点是码型最简单，不增加线路信号速率，没有光功率代价，无需编码，发端需一个扰码器即可，收端采用同样标准的解扰器即可接收发端业务，实现多厂家设备环境的光路互连。

采用扰码器是为了防止信号在传输中出现长连"0"或长连"1"，易于收端从信号中提取定时信息（SPI 功能块）。另外，当扰码器产生的伪随机序列足够长时，也就是经扰码后的信号的相关性很小时，可以在相当程度上减弱各个再生器产生的抖动相关性（也就是使扰动分散，抵消），使整个系统的抖动积累量减弱。例如一个屋子里有三对人在讲话，若大家都讲中文（信息的相关性强），那么很容易产生这三对人互相干扰谁也听不清谁说的话的情况；若这三对人分别用中文、英文、日文讲话（信息相关性差），那么这三对人的对话的干扰就小得多了。

（2）S 点参数——光发送机参数

① 最大-20dB 带宽。单纵模激光器主要能量集中在主模，所以它的光谱宽度是按主模的最大峰值功率跌落到-20dB 时的最大带宽来定义的。单纵模激光器光谱特性如图 5.2 所示。

② 最小边模抑制比（SMSR）。主纵模的平均光功率 P_1 与最显著的边模的平均光功率 P_2 之比的最小值叫做最小边模抑制比。

$$SMSR = 10\lg（P_1/P_2）$$

SMSR 的值应不小于 30dB。

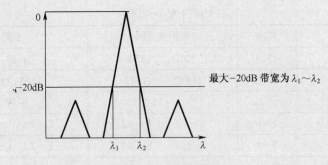

图 5.2　单纵模激光器光谱图

③ 平均发送功率。SDH 网络系统的光接口位置如图 5.3 所示。

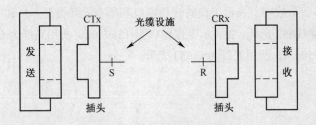

图 5.3　光接口位置示意图

图 5.3 中，S 点是紧挨着发送机（Tx）的活动连接器（CTx）后的参考点，R 是紧挨着接收机（Rx）的活动连接器（CRx）前的参考点。光接口的参数可以分为三大类：参考点 S 处的发送机光参数、参考点 R 处的接收机光参数和 S—R 点之间的光参数。在规范参数的指标时，均规范为最坏值，即在极端的（最坏的）光通道衰减和色散条件下，仍然要满足每个再生段（光缆段）的误码率不大于 1×10^{-10} 的要求。

④ 光功率代价。由抖动、漂移和光纤色散等原因引起的系统信噪比降低导致误码增大的情况，可以通过加大发送机的发光功率得以弥补，也就是说由于抖动、漂移和色散等原因使系统的性能指标劣化到某一特定的指标以下，为使系统指标达到这一特定指标，可以通过增加发光功率的方法得以解决，而由此增加的光功率就是系统为满足特定指标所需要的光功率代价。1dB 光功率代价是系统最大可以容忍的数值。

（3）R 点参数——光接收机参数

① 接收灵敏度。接收灵敏度的定义为 R 点处为达到 1×10^{-10} 的 BER 值所需要的平均接收功率的最小值。一般开始使用时、正常温度条件下的接收机与寿命终了时、处于最恶劣温度条件下的接收机相比，灵敏度余度大约为 2dB ~ 4dB。一般情况下，对设备灵敏度的实测值要比指标最小要求值（最坏值）大 3dB 左右（灵敏度余度）。

② 接收过载功率。接收过载功率的定义为在 R 点处为达到 1×10^{-10} 的 BER 值所需要的平均接收光功率的最大值。因为，当接收光功率高于接收灵敏度时，信噪比的改善使 BER 变小，但随着光接收功率的继续增加，接收机进入非线性工作区，反而会使 BER 下降，如图 5.4 所示。

图 5.4 中，A 点处的光功率是接收灵敏度，B 点处的光功率是接收过载功率，A、B 之间的范围是接收机可正常工作的动态范围。

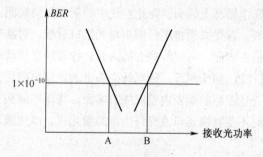

图 5.4　BER 曲线图

③ 光通道功率代价。由反射、符号间干扰、模式分配噪声和激光器啁啾声引起的总劣化，用光通道功率代价来规范。接收机能容忍的光通道功率代价，一般应用时要求不超过 1dB，对 L—16.2 允许 2dB。

④ 接收机反射系数。接收机折返到光纤上的光功率用 R 点上测得的接收机反射系数规范。反射系数–27dB 相当于返回的光功率小于 5%。

4. 基本维护操作

（1）插拔尾纤

尾纤是连接设备外部光口或者 ODF 法兰盘的一段光纤，并且两头带有相应的接头。目前传输系统常用的尾纤有 SC/PC、FC/PC、LC/PC、E2000/APC 4 种接口，如图 5.5 ~ 5.8 所示。

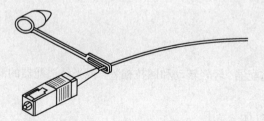

图 5.5　SC/PC 型光接口尾纤

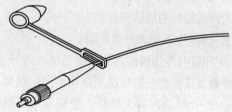

图 5.6　FC/PC 型光接口尾纤

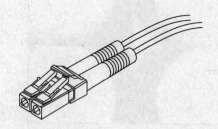

图 5.7　LC/PC 光接口

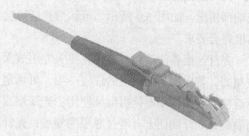

图 5.8　E2000/APC 光纤接口示意图

插拔尾纤插头的方法如下。

① 拔 FC/PC 插头尾纤。先将 FC/PC 插头外部的活动螺丝拧松，然后适度用力将插头拔出，拔出后应立即用外挂防尘帽套上插头，防止空气中的灰尘污染端面。

② SC/PC 插头、LC/PC 插头尾纤。用拔纤器夹住插头的塑胶侧面，适度用力将插头拔出，拔

出后应立即用外挂用外挂防尘帽套上插头，防止空气中的灰尘污染端面。

③ 装 FC/PC 插头尾纤。首先必须将尾纤插头与光接口对准，对准后适度用力推入，避免损伤光适配器的陶瓷内管或插头端面。将尾纤完全插入后，拧紧外套活动螺丝即可。

④ 装 SC/PC 插头、LC/PC 插头尾纤。使尾纤插头上的定位块向后，将插头与光接口对准后适度用力推入，避免损伤光适配器的陶瓷内管或插头端面。将尾纤插头完全插入卡紧即可。

注意：进行光纤操作时不要直视光口或光纤内部的激光束，以免激光灼伤眼睛。

（2）光接口清洁操作

清洁光纤接头和光接口板激光器的光接口，必须使用专用的清洁工具和材料，主要有无纺型镜头纸、专用压缩气体、棉签（医用棉或其他长纤维棉）、专用的卷轴式清洁带（其中所使用的清洁溶剂优先选择顺序同上）、光接头专用放大镜。

光纤端面的清洁步骤如下。

① 认要清洁的光纤与有源器件断开。

② 手持光纤连接器，避免手指与插针的任何部分接触，把镜头纸上滴有溶剂的部分覆盖在陶瓷插针的端面，慢慢地把镜头纸向一个方向拖过插针端面，该操作可重复 2～3 次，每次均为镜头纸的不同部位。

③ 待插针表面干燥后，使用专用压缩气体对准插针表面连续 3 次短促喷射（每次约为 1s），在避免与连接器端面物理接触的情况下，压缩气体罐喷嘴尽量靠近连接器端面。

④ 以上步骤也可采用专用的卷轴式清洁带来完成。

⑤ 使用光接头专用放大镜检查连接器端面的清洁度，若合格，则可进行光纤连接工序。

⑥ 重复上述步骤后仍不合格，则可换纤。

光纤适配器的清洁步骤如下。

① ODF 上取出光纤适配器。

② 用浸有专用清洁溶剂的棉签插入光纤适配器，轻轻转动和回拉棉签。视光纤适配器的清洁程度可重复该操作，但每次须使用不同的棉签。

③ 待光纤适配器干燥后，使用专用压缩气体对吹去光纤适配器内壁表面可能存在的残留物。

光纤连接器清洁后，使用光接头专用放大镜检查端面情况，如图 5.9 所示，可认为光纤连接器清洁度符合要求。

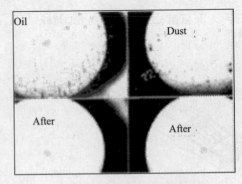

图 5.9　正常的连接器端面

光纤连接器清洁后，使用光接头专用放大镜检查端面，若出现下列描述的任何一项，可认定为光纤连接器受损伤而不能再继续使用：光纤端面有任何裂痕；光纤端面上有经过芯层的划痕；光纤端面上有划痕终止于芯层；光纤端面上不经过芯层的划痕不止一条或有一条非常明显的划痕；光纤与陶瓷结合部周围有多余/突起的环氧树脂；光纤与陶瓷结合部光纤边缘有碎片、凹点、毛刺；插针端面及侧面任何部位有裂痕；插针端面上有多条非常明显的划痕；插针表面上有环氧树脂斑点。

光接口端面受损示意图如图 5.10 所示。

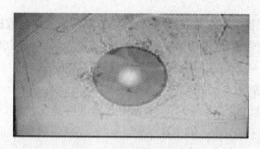

图 5.10 受损的连接器端面

注意：光纤放大器的输出端决不能在有光的情况下清洁处理，否则肯定会造成光纤端面的硬性损伤。

（3）单板的插拔和更换

在设备的扩容或维护过程中，常常需要添加或更换单板，而不正确的操作往往容易引起事故。

在更换单板前一定要做好准备工作，准备工作的任意一项没有做好都不能启动单板更换。避免因准备不充分导致更大的事故。单板更换往往会导致业务中断，更换单板的时间最好选择在夜里业务量较小的时候。

在完成单板更换的准备工作后，就可以进行单板更换了。单板上多采用了非常灵敏的芯片，人体产生的静电会损坏单板上的静电敏感元器件，如大规模集成电路等，所以在接触单板前一定要做好相应的防护工作。

单板更换步骤（以华为设备为例）如下。

① 带好防静电手腕。

② 如果被更换的单板上连接有线缆，请将线缆从单板接口上拔下来。

③ 将单板从槽位上拔出。

④ 将拔出的单板装入防静电口袋。

⑤ 从防静电口袋中将待更换的单板取出。

⑥ 插入单板时，先将单板的上下边沿对准子架的上下导槽，沿上下导槽慢慢推进，直至单板刚好嵌入母板。子架插头要对准单板插座，子架防误插导销对准单板的防误插导孔，然后再稍用力推单板的拉手条，直至单板基本插入。若感觉到单板插入有阻碍时不要强行插单板，应调整单板位置后再试。

⑦ 观察到插头与插座的位置完全配合时，再将拉手条的上下扳手向里扣，至单板完全插入，并旋紧锁定螺钉。

注意：更换线路板（光接口板）时，要注意在插拔线路板前，应先拔掉线路板上的光纤，然后再拔线路板。不要带纤插、拔板。

⑧ 观察单板上的指示灯，如果运行指示灯 1s 亮、1s 灭，证明单板工作正常。

⑨ 如果单板运行指示灯闪烁异常，说明待更换的单板有问题，请重新拔出并插入。如果问题依旧，请更换其他单板。

⑩ 如果更换的是光接板，需要现场测量收，发光功率值，接收灵敏度，过载光功率灯，指标应符合相关标准。

⑪ 如果单板上需要插入线缆，请插入相应的线缆。注意位置要正确。

⑫ 从网管上将备份的单板配置数据重新下发。

⑬ 如果更换的是主控板（SCC），需要将更换单板前备份的网元数据重新下发。

⑭ 从网管上查看该站告警和性能事件，确保没有异常告警和性能事件，并确认。

⑮ 业务正常。单板更换完成后，需要在现场继续观察 15min，确认单板工作无误后可以离开。

（4）中继电缆的对线方法

在施工和维护工作中，经常需要对同轴中继电缆进行测试，以判断电缆是否有虚焊、漏焊、短路，以及中继电缆在 DDF（数字配线架）处的连接位置是否正确。这就是我们通常所说的对线。

对线的操作如下。将同轴电缆一头的信号芯线和屏蔽层短接（可以用短导线或镊子），在同轴电缆另一头用万用表测试信号芯线和屏蔽层之间的电阻，电阻应该约为 0Ω；然后取消信号芯线和屏蔽层的短接，再在另一头用万用表测试，电阻应该为无穷大。这两项测试说明测试的两头是同一根电缆的两头，且此电缆正常。否则说明电缆中间存在断点或电缆接头处存在虚焊、漏焊、短路，或者这两头不是同一根电缆的两头。

（5）备品备件管理

要注重备件管理，定期进行备件测试，以便在最短时间内响应故障。

备件的数量和分布直接决定了备件响应时间的长短，从而决定了故障处理的平均时长，也将影响网络的可用性。因此，从网络的发展和维护看，合理的备件投入是网络维护投入预算的必要内容。通过备件的合理配置、分布、取用，可以提高备件响应时间，也就能有效地减少板件更换时间，从而缩短平均故障维修时间，提高维护效率。

备件的配备应遵循以下原则。

① 保证重要单板（板件损坏将导致业务中断）至少有 2 块备件。按照行业惯例和 ITU－T 建议都推荐 SDH 设备的重要单板进行备件配置，目前主要就是交叉时钟和重要支路板件的备件配置。对于重点设备的重点单板如 2500＋设备、10G 设备的交叉时钟板以及 2500＋设备支路板建议都配置单板级保护。

② 制订合理的备件计划，一方面是为了故障保障，一方面是为了业务扩容需要。例如，目前数据业务飞速发展，而在原有的 SDH 网络上可以实现 IP、ATM 等数据业务透穿和汇聚的服务，只需要购买少量的支持数据特性的传输板件 ET1、AL1 等就可以满足需求。

③ 备件分布可根据具体情况采用集中式和分布式两种。

备件和网上运行的单板一样需要对它们的进行维护，因为备件随时可以替换网上的单板投入运行，这些维护内容如下。

① 备件的主机软件、单板软件、FPGA 的版本和网上对应的版本基本保持一致，网络升级时请及时提供相应的备件，进行备件同步升级。

② 为备件存放安排一个好的环境。注意单板存放注意防静电，备件要盛放在静电袋中，不能相互摩擦，不能和其他杂物堆放在一起，单板存放在专门的防静电柜中，规范放置。

③ 存取备件时要戴防静电手套。

④ 备件三专：备件需按专门的存放要求存放，需专人保管，保证备件专用，特别是数量只有一块的板件不得挪用。

⑤ 备件出入库信息记录及时更新，以便及时补充相应的备件。

⑥ 定期检查备件的版本以及备件的质量，建立每季度或每半年对备件进行测试，以期对网上的设备运行提供有力的保障。

注意：故障板件请及时返修。

（6）风扇/防尘网的清洗

良好的散热是设备长期正常运行的重要保证。在机房的环境不能满足清洁度要求时，散热风扇的防尘网很容易积尘堵塞，造成通风不良设备温度上升，严重时可能损坏设备。因此需要定期检查风扇的运行情况和通风情况。

例行维护时应注意以下几点。

① 通过观察风扇告警灯"FAN ALM"，保证风扇时刻处于工作状态。

② 定期清理风扇的防尘网。

③ 定期查看设备的环境温度。

工作子架的下面一般配置有风扇子架，风扇子架由若干个小风扇和防尘网构成，如图 5.11 所示。

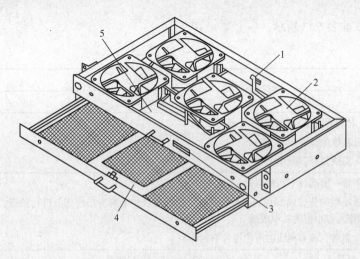

图 5.11 风扇子架

风扇防尘网一般带手柄，可以很容易抽出。风扇防尘网抽出后可以拿到室外用水冲洗干净，然后用干抹布擦净，并在通风处吹干。清理工作完成后，应将防尘网插回原位置，应沿风扇子架下部的滑入导槽将防尘网轻轻推入，不可强行推入。注意在推入过程中不要触及小风扇。

清洗完防尘网后，不可将尚未干燥的防尘网插入设备，以免水滴引起设备短路，损坏设备。

（7）传输设备电源操作规范

机柜和子架的电源开关都在机柜顶部的电源盒上。

传输设备日常通电的顺序如下。

① 首先确认 SDH 设备的硬件安装和线缆布放完全正确，设备的输入电源符合要求（-48V ± 10%）。

② 机柜通电。当机房电源输入只提供一路独立电源时，两个-48V 输入接线柱用短接线连接起来（出厂前已经完成），作为 2 路-48V 电源输入。当机房提供两路独立的电源输入时，要拆掉短接线。机柜上部第一路电源总开关控制第一路-48V 电源的输入，第二路电源总开关控制第二路-48V 电源的输入。正常通电后，架顶的电源指示灯（绿灯）应亮。通电时要合上两路电源总开关，断电时要断开两路电源总开关，否则设备将上报电源欠压告警。

③ 子架通电。打开子架电源开关。以上子架为例，应同时打开架顶的两个开关。

④ 子架通电后，单板运行灯应开始闪烁（部分单板 5~6s 后开始闪烁）。如发现异常情况应马上关闭子架电源开关和电源总开关，拔出单板，查找故障。

传输设备断电顺序如下。

① 子架断电。关闭子架电源开关。如果要关闭上子架的电源，应关闭机柜顶部上子架两个电源开关。如果要关闭下子架的电源，应关闭机柜顶部下子架两个电源开关。

② 机柜断电：关闭和电源总开关，会导致本机柜内所有子架都断电。因此，当一个机柜内安装了两个子架时，若只想对某一个子架断电，应关闭该子架对应的子架电源开关，不能关闭机柜顶部的和电源总开关。

5.2.2 操作一 测试误码

任务工单 5-3 如表 5.13 所示。

表 5.13 　　　　　　　　　　　　任务工单 5-3

项目名称	日常维护					
工作任务	测试误码					
任务内容	针对不同网元，完成以下任务 ① 在线测试误码率 ② 离线测试误码率					
工作要求	① 每一组选择不同的电路 ② 小组的每位成员必须参与和掌握，执行过程中老师对小组成员进行抽查，抽查到的成员成绩作为本小组的基本成绩 ③ 思考在线和离线的应用场合有何不同					
专业班级	组号		组员			
		学号				
		姓名				
任务执行情况记录 （包括执行人员分工情况、任务完成流程与情况、任务执行过程中所遇到的问题及处理情况）						
组长签字		完成时间				

测试记录表如表 5.14 所示。

表 5.14　　　　　　　　　　　　　　测试记录表

项目	测试单元板	在线	离线
误码率			

采用误码仪测试误码时，一般以业务接入点为测试点。SDH 设备可以进行 E1、E3、T3、E4、STM-1 等接口的 B1、B2、B3、V5 的误码测试。测试方法可选择在线或离线两种测试方式。DWDM 设备可以对光波长转换板、合波板、分波板、放大板等共同组成的光路进行 B1 的误码测试（DWDM 在第四篇有详细讲解），测试方法采用在线测试。

1. 在线测试方法

① 先选定一条正在使用的业务通道（E1、E3、T3、E4、STM-1），找到该通道在 DDF 上对应的端口。

② 测试线一端连接 DDF 该端口的"在线测试接头"，一端连接误码仪的在线测试接口进行测试。

请参考相应仪表的使用说明书设置仪表。注意，仪表此时应设置为"在线测试"，而且要注意仪表接地，并使用稳压的电源。

2. 离线测试方法

离线测试是用得较多的误码测试方法。

① 先选定一条业务通道（E1、E3、T3、E4、STM-1），将误码仪的收发连接到此业务通道在本站的 PDH/SDH 接口的收发端口（误码仪的发端口应接 PDH/SDH 的收端口，误码仪的收端口应接 PDH/SDH 的发端口）。

② 然后在对端站 PDH/SDH 接口作内环回（例如在 DDF 处的硬件自环，或通过网管进行软件环回），设置好误码仪即可进行测试。

误码仪的操作方法见相应的说明书，而且要注意仪表接地，并使用稳压的电源。以 OptiX2500+ 设备为例，误码测试连接框图如图 5.12 所示。

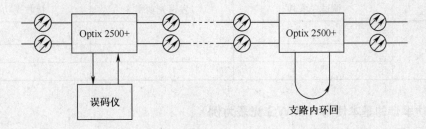

图 5.12　误码仪的操作示意图

注意：测试时注意光功率过载可能损坏光接收模块，所以必须在信号的输入端加衰耗器；测试仪表应该良好地接地。

5.2.3 操作二 测试激光器光功率

任务工单 5-4 如表 5.15 所示。

表 5.15　　　　　　　　　　　　任务工单 5-4

项目名称	日常维护				
工作任务	测试激光器的发送功率				
任务内容	针对不同网元，完成以下任务 ① 测试发送光功率 ② 测试接收光功率				
工作要求	① 每一组选择不同的光板 ② 小组的每位成员必须参与和掌握，执行过程中老师对小组成员进行抽查，抽查到的成员成绩作为本小组的基本成绩 ③ 思考如何选择测试点				
专业班级	组号	组员			
		学号			
		姓名			
任务执行情况记录 （包括执行人员分工情况、任务完成流程与情况、任务执行过程中所遇到的问题及处理情况）					
组长签字		完成时间			

测试记录如表 5.16 所示。

表 5.16　　　　　　　　　　　　测试记录表

项目	测试单元板	发送光功率	接收光功率
光功率			

1. 光功率计的基本使用（以 WG 光表为例）

（1）光功率

① 将待测纤接至光表的接收口。

② 按下"ON"按钮（即打开电源）。

③ 按下"λ"按钮选择相应的波长（一般波长为 1 310）。

④ 按下"dBm"选择合适的计量单位（一般为 dBm）。

（2）光源

① 将待测光纤接至光表的发送口。

② 按下"ON"按钮。

③ 按下相应的波长按钮（一般只有两种波长可选）。

2．发送光功率测试

发光功率测试如图 5.13 所示，测试操作如下。

① 设置光功率计的接收光波长与被测光波长相同。

② 将测试用尾纤的一端连接被测光板的 OUT 接口。

③ 将此尾纤的另一端连接光功率计的测试输入口，待接收光功率稳定后，读出光功率值，即为该光接口板的发送光功率。

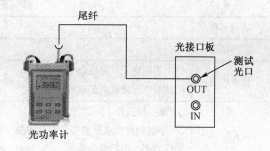

图 5.13　发送光功率测试

测量注意事项：该项测试一定要保证光纤连接头清洁，连接良好，包括光板拉手条上法兰盘的连接、清洁；事先测试尾纤的衰耗；单模和多模光接口应使用不同的尾纤；测试时应根据接口类型选用 FC/PC（圆头）或 SC/PC（方头）连接头的尾纤；光功率计应在均方根模式下测量。

3．接收光功率测试

收光功率测试如图 5.14 所示，测试操作步骤如下。

① 设置光功率计的接收光波长与被测光波长相同。

② 在本站，选择连接相邻站发光口（OUT）的尾纤（此尾纤正常情况下连接在本站光板的收光口上）。

③ 将此尾纤连接到光功率计的测试输入口，待接收光功率稳定后，读出光功率值，即为该光板的实际接收光功率。

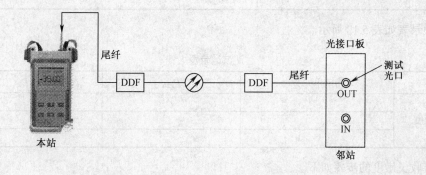

图 5.14　接收光功率测试图

测量注意事项：该项测试一定要保证光纤连接头清洁，连接良好，包括光板拉手条上法兰盘的连接、清洁；事先测试尾纤的衰耗；单模和多模光接口应使用不同的尾纤；测试时应根据接口类型选用 FC/PC（圆头）或 SC/PC（方头）连接头的尾纤；光功率计应在均方根模式下测量。

5.2.4　操作三　测试接收灵敏度

任务工单 5-5 如表 5.17 所示。

表 5.17　　　　　　　　　　　　　　任务工单 5-5

项目名称	日常维护					
工作任务	测试接收灵敏度					
任务内容	针对不同网元，完成以下任务 测试某单元接收机的接收灵敏度					
工作要求	① 每一组选择不同的光板 ② 小组的每位成员必须参与和掌握，执行过程中老师对小组成员进行抽查，抽查到的成员成绩作为本小组的基本成绩 ③ 掌握如何调节光衰，找到 P_{min}					
专业班级	组号		组员			
	学号					
	姓名					
任务执行情况记录 （包括执行人员分工情况、任务完成流程与情况、任务执行过程中所遇到的问题及处理情况）						
组长签字		完成时间				

测试记录表如表 5.18 所示。

表 5.18　　　　　　　　　　　　测试记录表

项目	测试单元板	P_{min}	P_R
接收灵敏度			

测试接收灵敏度的步骤如下。

① 按图 5.15 要求将误码测试仪、光可变衰减器与数字光纤通信系统连接。

② 误码测试仪向光端机送入伪随机码测试信号。

③ （首先测试光接收机灵敏度）调整光衰减器，逐步增大光衰减，使输入光接收机的光功率

逐步减少，使系统处于误码状态。然后，逐步减小光衰减器的衰减，使误码逐渐减少，当在一定的观察时间内，使误码个数少于某一要求，即达到系统所要求的误码率。

④ 在稳定工作一段时间后，从 R 点断开光端机的连接器，用光纤测试线连接 R 点与光功率计，此时测得光功率为 P_{min}，即为光接收机的最小可接收光功率。

⑤ 按式 $P_R=10\lg（P_{min}/1mW）$ 计算用 dBm 表示的灵敏度 P_R，例如，测得 $P_{min}=9.3nW$，则 $P_R=-50.3dBm$。

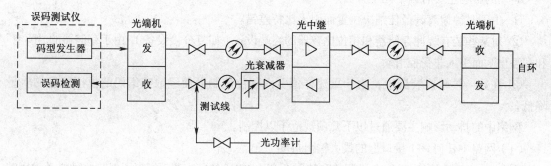

图 5-15 接收灵敏度测试图

在灵敏度测试时，一定要注意测试时间的长短。误码率是一个统计平均的参数，它只有当 n 足够大时才比较准确。各类系统误码率不同时，光接收机灵敏测试的最小时间 t 如表 5.19 所示。

表 5.19　　　　　　　　　　　　光接收灵敏度测试的最小时间

误码率/速率	2Mbit/s	8Mbit/s	34Mbit/s	140Mbit/s
$\leqslant 10^{-9}$	8min	2 min	29 min	
110^{-10}			5 min	1.2 min
$\leqslant 10^{-11}$			50 min	12 min

5.3 任务三 制作年报表

5.3.1 任务准备

1. 抖动性能

抖动是数字传输线路在传送电信号过程中出现的一种瞬间不稳定状态。它对电话业务并没有多大影响，但随着数字数据通信的迅速发展和传输速率的不断提高，抖动就越来越被人们所重视。在高速数据传输中，相位抖动是传输过程中所形成的周期性的相位变化，定时抖动是脉冲传输中的同步误差，数字信号定时抖动超过允许值时会造成数字码流的误码，由于传输速率高，脉冲的宽度和间隔愈窄，抖动的影响就愈明显。相位抖动和定时抖动统称为抖动，它们可使接收信号由于脉冲移位而造成误码。因此，抖动性能也是衡量传输系统质量的又一重要性能指标。

抖动产生的原因有以下几种。

① 由于噪声引起，定时滤波器失谐，再生器固有缺陷（码间干扰、限幅器门限漂移）等。

② 由时钟恢复电路产生。在将支路信号装入 VC 时，加入了固定塞入比特和控制塞入比特，分接时需要移去这些比特，这将导致时钟缺口，经滤波后产生残余抖动——脉冲塞入抖动。

③ 指针调整抖动。此种抖动是由指针进行正/负调整和去调整时产生的。对于脉冲塞入抖动，与 PDH 系统的正码脉冲调整产生的情况类似，可采用措施使它降低到可接受的程度，而指针调整（以字节为单位，隔三帧调整一次）产生的抖动由于频率低、幅度大，很难用一般方法加以滤除。

抖动的影响主要有以下几个方面。

① 由于时钟偏离其最佳判决位置而引入比特差错。

② 对某些装有缓冲存储器和相位比较器的终端设备（如复分接设备），由于存储器的"读空"和"溢出"而引入非受控滑动。

③ 在数—模转换装置中，由于重建样值引入相位调制而使经数字编码的模拟信息的质量降低。

网络中的抖动影响主要通过以下几项规范予以控制。

（1）网路中任何一个接口上的最大输出抖动

在 PDH/SDH 网络边界处由于调整和映射会产生 SDH 的特有抖动，为了规范这种抖动采用映射抖动和结合抖动来描述这种抖动情况。

映射抖动指在 SDH 设备的 PDH 支路端口处输入不同频偏的 PDH 信号，在 STM-N 信号未发生指针调整时，设备的 PDH 支路端口处输出 PDH 支路信号的最大抖动。

结合抖动是指在 SDH 设备线路端口处输入符合 G.783 规范的指针测试序列信号，此时 SDH 设备发生指针调整，适当改变输入信号频偏，这时设备的 PDH 支路端口处输出信号测得的最大抖动就为设备的结合抖动。

（2）设备（或数字线路系统）的无输入抖动时的输出抖动

与输入抖动容限类似，也分为 PDH 支路口和 STM-N 线路口。定义为在设备输入无抖动的情况下，由端口输出的最大抖动。

SDH 设备的 PDH 支路端口的输出抖动应保证在 SDH 网元下 PDH 业务时，所输出的抖动能使接收此 PDH 信号的设备承受。STM-N 线路端口的输出抖动应保证接收此 STM-N 信号的 SDH 网元能承受。

（3）设备（或数字线路系统）的输入抖动容限

输入抖动容限分为 PDH 输入口的（支路口）和 STM-N 输入口（线路口）的两种输入抖动容限。对于 PDH 输入口则是在使设备不产生误码的情况下，该输入口所能承受的最大输入抖动值。由于 PDH 网和 SDH 网的长期共存，使传输网中有 SDH 网元上 PDH 业务的需要，要满足这个需求则必须使该 SDH 网元的支路输入口能包容 PDH 支路信号的最大抖动，即该支路口的抖动容限能承受得了 PDH 信号的抖动。

线路口（STM-N）输入抖动容限定义为能使光设备产生 1dB 光功率代价的正弦峰—峰抖动值。该参数是用来规范当 SDH 网元互连在一起接传输 STM-N 信号时，本级网元的输入抖动容限应能包容上级网元产生的输出抖动。

（4）抖动转移特性

抖动转移特性在此处规范设备输出 STM-N 信号的抖动对输入的 STM-N 信号抖动的抑制能力（也即是抖动增益），以控制线路系统的抖动积累，防止系统抖动迅速积累。

抖动转移函数定义为设备输出的 STM-N 信号的抖动与设备输入的 STM-N 信号的抖动的比值随频率的变化关系，此频率指抖动的频率。

（5）抖动容限

一个信号由于系统的时钟、芯片的门限等的影响，引起了输出数据的前后移动，当前后移抖动的频率大于 10Hz 时，我们就认为这一种现象是一种抖动，抖动不能很大，否则会对下游站产生很不利的影响。

抖动的单位常用 UI 表示，UI 是一个比特传输的信息所占的时间，即一个码元的时隙为一个单位间隔，随着所传码速率的不同，UI 的时间亦不同，如表 5.20 所示。

表 5.20　　　　　　　　　　　　　　　　　　抖动的单位 UI

码速率（kbit/s）	UI 的时间（ns）
2 048	488
8 448	118
34 368	29.1
139 264	7.18
155 520	6.43

可以通过几种策略来减少抖动。

（1）线路系统抖动的减少

线路系统抖动是 SDH 网的主要抖动源，设法减少线路系统产生的抖动是保证整个网络性能的关键之一。减少线路系统抖动的基本对策有减少单个再生器的抖动（输出抖动）、控制抖动转移特性（加大输出信号对输入信号的抖动抑制能力）、改善抖动积累的方式（采用扰码器，使传输信息随机化，各个再生器产生的系统抖动分量相关性减弱，改善抖动积累特性）。

（2）PDH 支路口输出抖动的减少

由于 SDH 采用的指针调整可能会引起很大的相位跃变（因为指针调整是以字节为单位的）和伴随产生的抖动和漂移，因而在 SDH/PDH 网边界处支路口采用解同步器来减少其抖动和漂移幅度，解同步器有缓存和相位平滑作用。

2．漂移性能

漂移是一个数字信号的有效瞬时的时间上偏离其理想位置的长期的、非积累性的偏离。所谓长期的偏离是指偏离随时间较慢的变化，通常认为变化频率低于大约 10Hz 就属于较慢的变化。

3．抖动漂移指标性能

（1）输入抖动指标

输入抖动指标以图、表方式描述如下。支路口（2Mbit/s）系列输入抖动和漂移容限模板如图 5.16 所示，各卡数值如表 5.21 所示。

线路口抖动漂移容限模板如图 5.17 所示，其各点数值如表 5.22 所示。

注：以上的模板为 1993 年以前规定的模板，1993 年以后的模板将漂移去掉了，因为漂移在仪表上不能进行测试，仪表只能测试抖动容限，所以仪表上只能看到频率 F1 以后的模板。

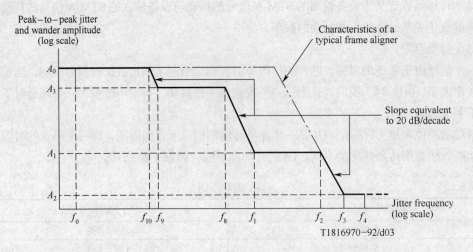

图 5.16 支路口（2Mbit/s 系列）输入抖动和漂移容限模板

表 5.21　　　　　　　　支路口（2Mbit/s 系列）抖动和漂移容限模板的各点数值

接口速率等级	峰峰抖动漂移值（UI）				频率			
	A_0	A_1	A_2	A_3	f_1	f_2	f_3	f_4
2Mbit/s	36.9（18μs）	1.5	0.2	18	20Hz	2.4kHz	18kHz	100kHz
34Mbit/s	618.6（18μs）	1.5	0.15	*	100Hz	1kHz	10kHz	800kHz
140Mbit/s	2506.6（18μs）	1.5	0.075	*	200Hz	500Hz	10kHz	3500kHz

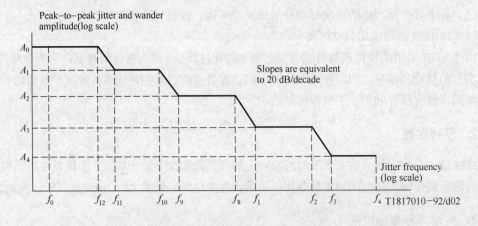

图 5.17 线路口抖动漂移容限模板

表 5.22　　　　　　　　线路口抖动容限模板的各点数值

接口速率等级	峰峰抖动漂移值（UI）					频率（Hz）								
	A_0（18μs）	A_1（2μs）	A_2（0.25μs）	A_3	A_4	f_0	f_{12}	f_{11}	f_{10}	f_9	f_8	f_1	f_2	f_3	f_4
155Mbit/s	2800	11	9	1.5	0.15	12μ	178μ	1.6m	15.6m	0.13	19.3	500	6.5k	65k	13M

（2）输出抖动指标

输出口抖动测试如图 5.18 所示。

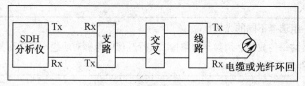

支路输出口测试

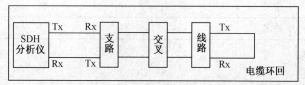

线路输出口测试

图 5.18　输出口抖动测试示意图

支路口指标含义如表 5.23 所示。

表 5.23　　　　　　　　　　　　　支路口指标含义

数字率 /（kbit/s）	最大输出抖动峰峰值		测量滤波器参数		
	B_1	B_2	f_1 / Hz	f_3 / Hz	f_4 / Hz
2 048	1.5	0.2	20	18	100
34 368	1.5	0.15	100	10	800
139 564	1.5	0.075	200	10	3 500
155 520	1.5	0.075	500	65	1.3

线路口指标含义如表 5.24 所示。

表 5.24　　　　　　　　　　　　　线路口指标含义

等级	最大输出抖动峰峰值 UIp-p		测量滤波器参数		
	B_1	B_2	f_1 / Hz	f_2 / kHz	f_3 / MHz
STM-1	0.75	0.15	500	65	1.3
STM-4	0.75	0.15	1 000	250	5
STM-16	0.75	0.15	5 000	1 000	20

5.3.2　操作　测试抖动指标

任务工单 5-6 如表 5.25 所示。

表 5.25　　　　　　　　　　　　　任务工单 5-6

项目名称	日常维护
工作任务	测试抖动
任务内容	针对不同网元，完成以下任务 ① 测试线路口 STM-1 的输入抖动 ② 测试支路口 2Mbit/s 的输入抖动 ③ 测试线路口 STM-1 的输出抖动 ④ 测试支路口 2Mbit/s 的输出抖动

续表

工作要求	① 每一组选择不同的光板 ② 小组的每位成员必须参与和掌握，执行过程中老师对小组成员进行抽查，抽查到的成员成绩作为本小组的基本成绩						
专业班级	组号			组员			
		学号					
		姓名					
任务执行情况记录 （包括执行人员分工情况、任务完成流程与情况、所遇到的问题及处理情况）							
组长签字			完成时间				

支路口输入抖动记录表如表 5.26 所示。

表 5.26　　　　　　　　　　支路口输入抖动测试记录表

接口速率等级	峰峰抖动漂移值（UI）				频率			
	A_0	A_1	A_2	A_3	f_1	f_2	f_3	f_4
2Mbit/s								

线路口输入抖动测试记录表如表 5.27 所示。

表 5.27　　　　　　　　　　线路口输入抖动测试记录表

接口速率等级	峰峰抖动漂移值（UI）					频率（Hz）									
	A_0 （18μs）	A_1 （2μs）	A_2 （0.25μs）	A_3	A_4	f_0	f_{12}	f_{11}	f_{10}	f_9	f_8	f_1	f_2	f_3	f_4
155Mbit/s															

测试配置图如图 5.19、图 5.20 所示。

图 5.19　支路输入口抖动测试

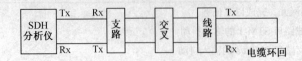

图 5.20　线路输入口抖动测试

5.3.3　项目小结

本项目主要讲述日常维护中有计划地对传输系统进行维护的工作内容，只有做好网络的日常维护，才能有效地防止故障的发生，将网络维护从被动维护变为主动维护。日常维护计划中有日报、周报、月报、季报、年报，维护人员必须严格按照工作计划及工作流程进行系统维护才能保障传输网络的畅通。

重点：日常工作项目及测试指标。

难点：抖动、漂移的测试。

习　　题

一、填空题

1. 在 1s 时间周期的比特差错比大于等于_____，称为严重误码秒。如果在 10s 的连续时间里，每 1s 都是 SES，则从这_____的第_____秒起进入不可用秒；之后，如果在 10s 的连续时间内，每 1s 都不是 SES，则从这 10s 的第 1s 起进入_____时间。

2. 当误码率超过_____时，传输系统将发生中断。

3. 2Mbit/s 数字接口的码型为_____，34Mbit/s 接口的码型为_____，140Mbit/s 接口的码型为_____，155Mbit/s 数字接口的码型为_____。

4. S—16.3 的光接口中的 S 表示_____，16 表示速率为_____，3 表示_____。

二、选择题

1. 以下光纤种类，哪种最适合于开通高速 SDH 系统（　　），哪种最适合于开通高速 DWDM 系统（　　）？

　　A. G.652　　　B. G.653　　　　　C. G.654　　　　　　D. G.655

2. 在光纤通信中，光接收机再生电路的任务是把放大器输出的升余弦波形恢复成（　　）。

　　A. 模拟信号　　B. 数字信号　　　C. 电子信号　　　　D. 光子信号

3. 接收机灵敏度是指在 R 参考点上达到规定的误比特率时所能接收到的（　　）平均光功率。

　　A. 最低　　　　B. 最高　　　　　C. 偏低　　　　　　D. 偏高

三、简答题

1. SDH 具有哪几类电接口？

2. 简述 SDH 设备系统的主要技术指标、含义。

3. 简述日常值班注意事项。

4. 系统维护中的电路纪律有哪些？

项目六
故障处理

6.1 任务一 处理 LOS 故障

6.1.1 任务准备

1. 传输网告警分类

传输网故障分为重大故障、严重故障、一般故障。

重大故障包括以下几类。

① 一条或多条国际陆、海光（电）缆中断。

② 由于光缆线路、传输设备的故障，造成党政军重要机关、与国计民生和社会安定直接有关的重要企事业单位及具有重大影响的会议、活动等相关通信中断。

③ 全国省际、省内传输干线（包括光缆、传输设备、卫星）发生故障，造成业务网组网中继一个方向中断，历时大于等于 60 分钟且没有保护。

④ 一个或多个卫星转发器通信连续中断，历时大于等于 60 分钟。

严重故障包括以下几类。

① 全国省际、省内传输干线（包括光缆、传输设备、卫星）发生故障，造成 2.5Gbit/s 及以上速率的传输主用通道发生中断，且没有保护。

② 国际传输系统国内段发生故障，造成 45Mbit/s 及以上速率的传输业务中断，历时大于等于 30 分钟且没有保护。

一般故障为除上述两类故障之外的其他故障。

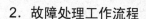

2. 故障处理工作流程

在日常的工作中，应该加强日常维护工作，消除故障隐患，把被动维护转向主动维护。

系统故障处理流程是指设备在出现业务中断情况（因电源故障、断纤等外部原因，或操作不当以及设备软、硬件故障引起）下的故障处理过程。除了遵照故障处理总流程外，还应尽可能采取其他的应急措施（如提供备用通道），或及时寻求帮助，减少业务中断时长。

按照故障应急处理流程处理业务中断或其他紧急问题时，需要注意以下几点。

（1）以尽快恢复业务为原则，如果有备用通道，先将业务调到备用通道。

（2）应先分析故障现象，定位原因后再进行处理。

（3）处理过程中遇到困难，及时联系厂家工程师以获取技术支持，并配合厂家工程师处理故障，最大程度减少业务中断时间。

（4）处理过程中一定要做好故障记录，保存好故障的原始数据。

3. 故障定位的基本原则

故障定位要有传输网管和现场仪表的协助配合，以便快速准确的定位与处理故障。在故障处理中故障定位的关键是将故障点准确地定位到单站。故障定位的一般原则可总结为：先导通，后修复；先外部，后传输；先网络，后网元；先高速，后低速；先高级，后低级。

先导通，后修复。发生故障时，应先将重要业务导出，恢复电路的正常使用，然后再考虑修复的过程。因为修复的时间会影响重要业务的故障历时。此原则适用于影响业务情况下的传输网络告警处理，比如在 2Mbit/s 业务通道出现 LOS（信号丢失）告警、因外线原因导致的接收无光告警、单元板故障产生的单元失败告警等情况。

先外部，后传输。在定位故障时，应先排除外部的可能因素，如光纤断、对接设备故障、电源或机房环境问题，而后进行传输系统原因查找。此原则适用于外界因素影响下产生的传输网络告警处理，如设备温度告警、光路告警、网元失效告警等的处理。

先单站，后单板。在定位故障时，首先要尽可能准确地定位出是哪个站的问题，再定位到板块。此原则适用于传输通道告警的处理。传输设备出现告警时，有时不会只是一个单站出现告警信号，而是在很多单站同时上报告警，这时需要通过分析和判断缩小范围，快速、准确地定位出是哪个单站的问题，再尽可能将故障定位到单站后再具体定位到单板，如处理光路误码等，结合业务信号流，对告警与性能事件一起进行分析。

先线路，后支路。从告警信号流中可以看出，高速信号的告警常常会引起低速信号的告警。因此，在故障定位时，应先排除高速部分的故障，也就是先排除线路板告警再查看支路板告警。此原则适用于支路出现大量 AIS 告警的处理，例如支路出现大量 AIS 时应先查看线路板是否出现了 LOS 告警。

先高级，后低级。先分析高级别告警，后分析低级别告警。在分析告警时，应首先分析高级别的告警，如紧急告警（Critical）、主要告警（Major）；然后再分析低级别的告警，如次要告警（Minor）和提示告警（Warning）。

此外，故障的定位与处理需要判别所携带的机盘与网络上正在使用的软件版本是否一致，以免导致系统故障的意外发生。

4．SDH 传送网设备告警

SDH 设备主要包括光板、支路板、交叉时钟板、主控板等设备，其告警名称分为 SDH 接口告警、PDH 接口告警、再生段告警、复用段告警、高阶通道告警、低阶通道告警、同步时钟告警、硬件设备告警等。详细的告警名称及其分类如表 6.1 所示。

表 6.1 　　　　　　　　　　　　　　SDH 告警名称及分类

序号	告警名称	告警级别	英文缩写
1．SDH 物理接口告警信息			
1.1	信号丢失	紧急	LOS
1.2	发送失效	紧急	TF
1.3	发送劣化	主要	TD
2．再生段告警信息			
2.1	帧丢失	紧急	LOF
2.2	帧失步	紧急	OOF
2.3	再生段误码率越限	主要	RS-EXC
2.4	再生段信号劣化	次要	RS-DEG
2.5	DCCR 连接失败	主要	DCCRCF
3．复用段告警信息			
3.1	复用段远端缺陷指示	次要	MS-RDI
3.2	复用段误码率越限	主要	MS-EXC
3.3	管理单元指针丢失	紧急	AU-LOP
3.4	复用段告警指示	次要	MS-AIS
3.5	管理单元告警指示	次要	AU-AIS
3.6	复用段信号劣化	次要	MS-DEG
3.7	DCCM 连接失败	主要	DCCMCF
3.8	复用段保护倒换事件	次要	MS-PSE
3.9	K2 失配	紧急	K2Mismatch
3.10	K1/K2 失配	紧急	K1/K2Mismatch
3.11	AU 指针调整越限	主要	AUPJAlarm
4．高阶通道（HOPL）告警信息			
4.1	高阶通道跟踪标识失配	紧急	HP-TIM
4.2	高阶通道未装载	紧急	HP-UNEQ
4.3	高阶通道远端缺陷指示	次要	HP-RDI
4.4	高阶通道误码率越限	主要	HP-EXC
4.5	支路单元指针丢失	紧急	TU-LOP
4.6	支路单元复帧丢失	紧急	TU-LOM
4.7	高阶通道净负荷失配	紧急	HP-PLM

序号	告警名称	告警级别	英文缩写
4.8	高阶通道信号劣化	次要	HP-DEG
4.9	告警通道告警指示	次要	HP-AIS
4.10	高阶通道保护倒换事件	次要	HP-PSE
4.11	支路指针调整越限	主要	TUPJAlarm

5. 低阶通道（LOPL）告警信息

5.1	低阶通道跟踪标识失配	次要	TIM
5.2	低阶通道未装载	紧急	UNEQ
5.3	低阶通道远端缺陷指示	主要	RDI
5.4	低阶通道误码率越限	主要	EXC
5.5	低阶通道净负荷失配	主要	PLM
5.6	低阶通道告警指示	主要	AIS

6. 同步设备定时源告警信息

6.1	定时输入丢失	紧急	LTI
6.2	定时输出丢失	紧急	LTO
6.3	定时信号劣化	主要	TIMEDeg
6.4	同步定时标识失配	主要	SSMBMismatch

7. PDH 物理接口（PPI）告警信息

7.1	信号丢失	紧急	LOS

8. SDH 硬件设备告警信息

8.1	单元盘故障	紧急	UnitFailure
8.2	单元盘脱位	紧急	UnitRemoval
8.3	电源失效	紧急	PowerFault

5．SDH 告警主要处理方法

（1）SDH 物理接口告警

① 信号丢失告警（LOS）。产生 LOS 告警的原因有：断纤；线路衰耗过大或光功率过载；对端站发送部分故障，线路发送失效。

对于上述告警的处理方法是：检查光缆是否完好，光接头是否接触良好；清洁光缆连接器；测量接收光功率，如接收光功率过载则加入衰耗器；如是单板故障，更换单板。

② 发送失效告警（TF）。产生 TF 告警的原因一般都是本端激光器故障，可以通过复位或拔插单板、更换故障单板来处理。

③ 发送劣化（TD）。发送劣化的原因是激光器老化，可以通过复位或拔插单板、更换故障单板来处理。

（2）再生段告警

① 帧丢失（LOF）。产生 LOF 告警的原因有：接收信号衰减过大；对端站发送信号无帧结构；本端接收方向故障。

② 帧失步（OOF）。产生 OOF 告警的原因有：接收信号衰减过大；传输过程误码过大；对端站发送部分故障；本端接收方向故障。

③ 再生段误码率越限（RS-EXC）。产生 RS-EXC 告警的原因有：接收信号衰减偏大；对端站发送部分故障；光纤头不清洁或连接器不正确；本端接收部分故障。

（3）复用段告警

① 复用段远端缺陷指示（MS-RDI）。产生 MS-RDI 告警的主要原因有：对端站接收到 R_LOS/R_LOF/MS_AIS 信号；对端站接收部分故障；本站发送部分故障。

处理方法是：检查对端站线路板是否有 R_LOS、R_LOF、MS_AIS 告警；如对端站没有告警，则为单板故障，更换告警单板；检查本站和对端站的光纤连接（ODF、光接口板）。

② 复用段误码率越限（MS-EXC）。产生 MS-EXC 告警的原因有：接收信号衰减偏大；光纤头不清洁或光纤连接器不正确；对端站发送部分故障；本站接收部分故障；B1 误码引起的。

③ 复用段告警指示（MS-AIS）。产生 MS-AIS 告警的原因有：对端站发送 MS-AIS 信号；对端站时钟板故障；本端接收故障。

④ 复用段信号劣化（MS-DEG）。产生 MS-DEG 告警的原因有：接收信号衰减偏大；光纤头不清洁或光纤连接器不正确；对端站发送部分故障；本端接收故障。

⑤ 复用段保护倒换事件（MS-PSE）。产生 MS-PSE 告警的原因是发生了复用段保护倒换。对于环形复用段保护的组网该告警表示复用段保护倒换已发生，检查发生保护倒换的原因；而对于非环形复用段保护形式的组网，该告警表示 APS 协议非正常启动并发生了保护倒换，可能是误设了 APS 节点参数。

（4）通道告警

① 高阶通道远端缺陷指示（HP-RDI）。产生 HP-RDI 的原因有：对端站接收到 AU-AIS/AU-LOP 等告警信号；对端接收故障；本端发送故障。

处理方法是：根据告警流程检查是否有高阶告警；检查对端站线路板相应通道是否有 AU-AIS、AU-LOP 告警；如对端站务相应告警，则判断为单板故障，更换单板。

② 支路单元指针丢失（TU-LOP）。产生 TU-LOP 告警的原因有：支路板与交叉板间接口故障；业务配置错误。

6．故障判断与定位的常用方法

故障定位的常用方法和一般步骤，可简单的总结为："一分析，二环回，三换板"。当故障发生时，首先通过对告警、性能事件、业务流向的分析，初步判断故障点范围；然后，通过逐段环回，排除外部故障或将故障定位到单个网元，以至电路板；最后更换引起故障的电路板，排除故障。

（1）告警、性能分析法

SDH 信号的帧结构定义了丰富的、包含系统告警和性能信息的开销字节。因此，当 SDH 系统发生故障时，一般会伴随有大量的告警和性能事件信息。

获取告警和性能事件信息的方式有以下两种：①通过网管查询传输系统当前或历史发生的告警和性能事件数据；②通过传输设备机柜和电路板的运行灯、告警灯的闪烁情况，了解设备当前的运行状况。

通过网管获取告警或性能信息时，应注意保证网元与网管通信正常，否则告警信息与实际情况不符。

通过设备上的指示灯获取告警信息，进行故障定位具有以下特点。

① 维护人员就在设备现场，不依赖任何工具，就可实时观察到哪块电路板有什么级别的告警。

② 在现场可以方便地进行各种操作。通过观察设备上指示灯的闪烁情况并使用相关仪表，维护人员可以对设备的基本故障进行分析、定位和处理。

③ 故障信息有限。仅仅通过观察设备、电路板指示灯的状态进行故障定位，其难度相对来说比较大，且定位难以细化、精确。

（2）仪表测试法

仪表测试法是指利用仪表定量测试设备的工作参数，一般用于排除传输设备外部问题以及与其他设备的对接问题。

仪表测试法常用于以下情况。

① 如怀疑电源供电电压过高或过低，可以用万用表进行测试。

② 如传输设备与其他设备无法对接，怀疑设备接地不良，可以用万用表测量通道发端信号地和收端信号地之间的电压值。

③ 如传输设备与其他设备无法对接，怀疑接口信号不兼容，可以通过信号分析仪表观察帧信号是否正常，开销字节是否正常，是否有异常告警，进而判断故障原因。

以两点间光传输故障为例来分析。根据分析，可能故障点为光缆或光纤中断，或者为发送端光接口板（或称线路板）故障，或者为接收端光接口板故障，或者为光接口接触不良，针对故障点进行测量判断。

① 使用 OTDR 仪表直接测量光纤。可以通过分析仪表显示的线路衰减曲线判断是否断纤及确定断纤的位置。但需注意，OTDR 仪表在很近的距离内有一段盲区。

② 测量光纤两端光板的发送和接收光功率，若对端光板发送光功率正常，而本端接收光功率异常，则说明是光纤问题；若光板发光功率已经很低，则判断为光板问题。

通过仪表测试法分析定位故障比较准确，可信度高，但是对仪表有需求，同时对维护人员的要求也比较高。

（3）替换法

替换法就是使用一个工作正常的物件去替换一个被怀疑工作不正常的物件，从而达到定位故障、排除故障的目的。这里的物件可以是一段线缆、一块单板或一端设备。

替换法常用于以下几种情况。

① 排除传输外部设备的问题，如光纤、中继电缆、交换机、供电设备等。

② 故障定位到单站后，排除单站内单板的问题。

③ 解决电源、接地问题。

替换法应用举例一：如 AB 两站间，如果怀疑 A 站发送与 B 站接收之间的光纤有问题，可将 A 站与 B 站间收、发两根光纤互换，若互换后，A 站东向光板的接收有光信号丢失告警，说明是光纤的问题；若互换后，故障现象与原来一样，则说明光纤没问题，而可能是光板的问题。此时可继续使用替换法，分别替换 A 站东向光板和 B 站西向光板来定位到底是哪块光板的问题。

替换法应用举例二：某支路板的一个 2Mbit/s 通道有信号丢失告警，分析可能是所接终端设备或中继线或支路板端口的问题，此时可以将该通道和其他正常通道互换一下，互换后信号丢失告警发生转移，即原来正常的通道出现了信号丢失告警，说明是中继线线缆或所接终端设备的问题；若互换后故障现象不变，则可能是支路板端口故障。采用替换法非常简单，对维护人员的要求不高，是一种比较实用的方法，但要求有备件，而且插拔电路板时，需要按照操作规范执行。

（4）拔插法

当故障定位到某块单板时，可通过重新拔插单板和外部接口插头的方法，来排除接触不良或单板状态异常的故障。

（5）配置数据分析法

配置数据分析法主要用于解决由于设备配置变更或维护人员的误操作导致的故障。通过开销字节配置及状态分析、更改交叉连接等手段对告警进行辅助判断和处理的告警处理方法。通过更改设备配置来定位故障的方法，操作起来比较复杂，对维护人员的要求较高，需要有较好的传输理论知识并且对具体厂家设备有较深了解，尽量选择 J0、J1 等不影响业务的字节，一般用于在没有备板的情况下临时恢复业务，或用于定位指针调整问题。

更改设备配置之前，应备份原有配置，同时详细记录所进行的操作，以便于故障定位和数据恢复。

（6）环回法

环回法是 SDH 传输设备定位故障最常用、最行之有效的一种方法。该方法最大的特色就是故障的定位，可以不依赖于对大量告警及性能数据的深入分析。

环回操作分为软件、硬件两种。

① 硬件环回是通过跳线直接在设备端口将收发连起来。相对于软件环回而言，硬件环回更为彻底，但操作不是很方便，需要到设备现场才能进行操作。另外，光接口在硬件环回时要加光衰，以避免接收光功率过载。

② 软件环回通过网管对端口进行操作，虽然操作方便，但它定位故障的范围和位置不如硬件环回准确。例如，在单站测试时，若通过端口的软件内环回，业务测试正常，并不能确定该支路板没有问题；若通过在 DDF 上进行硬件环回后，业务测试正常，则可以确定该支路板是好的。

软件环回有两种形式：内环回（Inloop）和外环回（Outloop），如图 6.1 所示。不同设备商的网管系统对于这两种形式的环回操作有不同的定义。

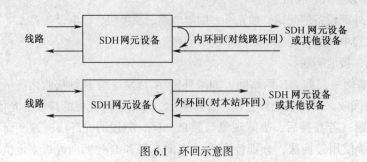

图 6.1 环回示意图

具体地说，环回分类如图 6.2 所示。

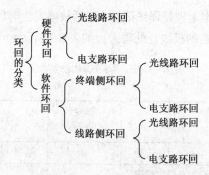

图 6.2 环回分类

从信号流向的角度讲，硬件环回一般都是内环回，因此也称为硬件自环。

终端环回与线路环回有以下区别。

对支路板而言，通过命令将信号由支路到交叉板环向光纤的，称线路环回。对支路板而言，通过命令将信号由支路板环向 DDF 方向的，称终端环回。

对光板而言，通过命令将信号由光板到交叉板环向另一光方向的，称终端环回。对光板而言，通过命令将信号由光板直接向光纤方向环去的，称光线路环回。

在进行环回操作前，需确定对哪个通道、哪个时隙环回，应该在哪些位置环回，应该使用哪种环回——外环回还是内环回。

第一步：选择环回业务通道。通过咨询、观察和测试等手段，选取其中一个的确有故障的业务通道作为处理、分析的对象。

对于同时出问题的业务，一般都具有一定的相关性，因此只要恢复其中的一个业务，其他的业务常常能自动得到恢复。另外，在多条电路同时出问题的情况下，采取抽样的思路，也常常使得故障的分析、处理显得更加清晰、简单。

第二步：画业务路径图。画出所选取业务一个方向的路径图。在路径图中表示出该业务的源和宿、该业务所经过的站点、该业务所占用的 VC-4 通道和时隙。

第三步：逐段环回，定位故障站点。根据所画出的业务路径图，采取逐段环回的方法，定位出故障站点。

第四步：故障定位到单站后，通过线路、支路的软件环回或硬件环回，进一步定位可能存在故障的电路板，最后结合其他方法，确认存在故障的电路板。

环回法不需要花费过多的时间去分析告警或性能事件，而可以将故障较快地定位到单站乃至电路板，方法操作简单，维护人员较容易掌握。但是，环回法会导致业务的临时中断，若是对高阶电路进行环回的话，还会导致其他正常业务的中断，这是该方法最大的一个缺点。

7. 故障记录

图 6.3 所示案例中，C 站收 B 站光信号丢失。

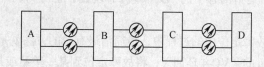

图 6.3 故障案例

故障判断后，在故障记录本上做好详细记录，包括故障发生时间、故障结束时间、故障信息、故障原因、处理大致步骤、更换的板块、处理人，如表 6.2 所示。

表 6.2   设备、线路、电路障碍处理记录

日期 200___年__月__日

发生时间	9:05	代通时间		修复时间	9:35	历时	0:20
障碍发现途径	申告		告警	√	巡视	检测	
		设备及局内障碍			线路障碍		
障碍位置	局站			复用段			
	设备	C 站光接口板		再生段			
	机盘			地点			
	其他						
影响系统	因有环保护，未影响系统						
障碍现象	C 站收 B 站光信号丢失						
原　因	C 站光接口板故障						
处理经过	C 站收 B 站光信号丢失告警，通过对 C 站光接口板环回，故障未消失，原因为 C 站光接口板故障，更换光接口板，2009 年 1 月 2 日 9:35 恢复						
处理人							

在交接班本做好记录，并向接班人进行交接。如故障未解决，也需要进行详细交接。交接内容包括包括故障发生时间、故障信息、处理的详细步骤、还需要处理的事情、相关处理人的联系方式。

6.1.2 案例分析一

SDH 接口的环回分为硬件环回和软件环回。

光口的硬件自环是指用尾纤将光板的发光口和收光口连接起来，以达到信号环回的目的。硬件自环有两种方式：本板自环和交叉自环。

本板自环：将同一块光板上的光口"IN"和"OUT"用尾纤连接即可。

交叉自环：用尾纤连接西向光板的"OUT"光口和东向光板的"IN"光口，或者连接东向光板的"OUT"光口和西向光板的"IN"光口。

注意：硬件自环时一定要加衰耗器。

SDH 接口的软件环回是指网管中的"VC-4 环回"设置，也分为内环回和外环回，如图 6.4 所示。

在业务中断、误码等故障定位中的过程中，最简洁最有效的方法就是"逐段环回法"，也就是通过由近及远或由远及近的"VC-4 环回"，将故障定位到某一单站或某段光纤。利用 VC-4 环

回定位故障的顺序如图 6.5 所示。

故障现象：以 OptiX2500+设备为例，如图 6.5 所示，A 站为中心站，A 站到 C 站的 2Mbit/s 业务中断。

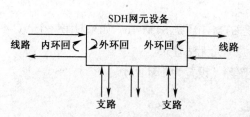

图 6.4　SDH 接口的内环回和外环回

利用 VC-4 环回定位故障的操作顺序如下。

（1）首先在 A 站业务中断的 2Mbit/s 端口上，挂误码仪进行测试，如图 6.5 中第①步所示。

（2）找出此 2Mbit/s 业务所在的 VC-4。通过网管，对 A 站东向（E 向）光板的 VC-4 进行 VC-4 环回的"内环回"，如图 6.5 中第②步所示。如果环回后误码仪显示业务正常，则说明 A 站本身无问题。

（3）通过网管，解除 A 站东向"内环回"，并对 B 站西向（W 向）光板的 VC-4 进行 VC-4 环回的"外环回"，如图 6.5 中第③步所示。如果环回后误码仪显示业务不通，则说明故障基本上就在 A、B 站之间的光纤上；如果环回后误码仪显示业务正常，则继续环回定位。

（4）解除 B 站西向光板"外环回"，对 B 站东向的该 CV-4 进行"内环回"。如图 6.5 中第④步所示。如果环回后业务不通，故障就在 B 站；如果环回后误码仪显示业务正常，则继续环回定位。

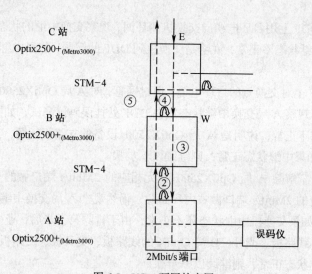

图 6.5　VC-4 环回的应用

（5）解除 B 站东向的"内环回"，对 C 站西向的该 VC-4 进行"外环回"，如图 6.5 中第⑤步所示。如果环回后业务不通，则说明故障基本上就在 B、C 站之间的光纤上；如果环回后误码仪显示业务正常，故障只可能在 C 站了。

（6）解除 C 站西向该 VC-4 的"外环回"，接下来，不用对"VC-4 环回"，而采用对应 2Mbit/s

支路端口的"内环回"，可基本判断故障是在 C 站的 SDH 网元还是在中继电缆或交换机，如图 6.5 中第⑥步所示。

注意：进行 VC-4 环回时，由于是对整个 VC-4 环回，将导致该 VC-4 内被测 2Mbit/s 通道以外其他业务受影响。

光路上速率等级不管是 STM-4 还是 STM-16，如果对第一个 VC-4 进行"VC-4 环回"，将可能影响 ECC 通信，导致下游网元无法登录。

VC-4 环回最后一定要解除（设置为不环回）。

6.1.3 案例分析二

从信号流向的角度来讲，硬件环回一般都是内环回。OptiX 设备 PDH 口的硬件环回有两个位置：一个是在子架接线区，一个是在 DDF。如果是 2Mbit/s 信号，在子架接线区的硬件环回就是指将接口板上同一个 2Mbit/s 端口的 Tx、Rx 用电缆连接。在 DDF 的硬件环回是指在 DDF 上将同一个 2Mbit/s 端口的收发用电缆连接。

PDH 接口的软件环回是指通过网管对 PDH 接口进行的"内环回"或"外环回"设置。通过对 PDH 接口的环回操作，再结合误码仪和外环回测试，可以测试某个 2Mbit/s 的传输全通道是否正常。

案例：支路接口外环回、内环回的应用

故障现象：以 OptiX2500+ 为例，如图 6.6 所示，假设 A 局为中心局，交换机房报 A 局到 B 局有一个 2Mbit/s 业务中断。

故障定位步骤如下。

首先，在 A 局 DDF 上用自环电缆向交换机侧环回，观察交换中继的状态，如图 6.6 中第①步所示。如果交换机中继状态不正常，说明是交换机到 DDF 的问题；如果中继状态正常，则继续以下步骤。

其次，解除 DDF 上对交换侧的自环电缆。通过网管，对 A 局 OptiX2500+ 网元相应的 2Mbit/s 端口做"外环回"，观察 A 局交换中继状态或在 DDF 处挂误码仪测试，如图 6.6 中第②步所示。如果交换机中继状态不正常，说明是 A 局 OptiX2500+ 设备的支路板问题，或者是 OptiX 设备到 DDF 电缆的问题；如果中继状态正常，则继续以下步骤。

再次，通过网管，解除 A 局 OptiX2500+ 网元相应的 2Mbit/s 端口做的"外环回"。对 B 局 OptiX2500+ 网元相应的 2Mbit/s 端口做"内环回"，仍然观察 A 局交换中继或误码仪状态，如图 6.6 中第③步所示。如果交换机中继状态还不正常，由于排除第②步后，业务路径为 A 局 OptiX 的支路板、交叉板、线路板、光纤、B 局 OptiX 的线路板、交叉板、支路板，所以以上部位都有故障可能；如果中继状态正常，则继续以下步骤。

最后，解除 B 局 OptiX2500+ 网元相应的 2Mbit/s 端口做"内环回"。在 B 局 DDF 上，用自环电缆向 A 局方向环回，观察 A 局交换中继或误码仪状态。如果交换机中继状态还不正常，则为 B 局 DDF 到 OptiX 设备的电缆问题，或 B 局 OptiX 的支路板问题；如果中继状态正常，只可能是 B 局 DDF 到 B 局交换机问题。

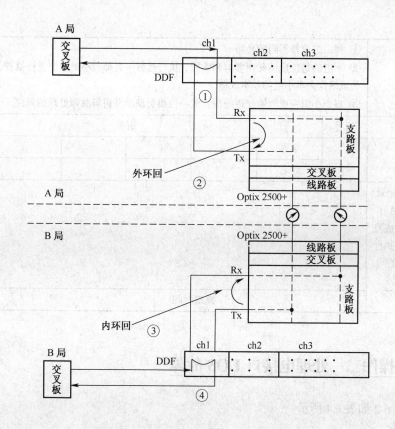

图 6.6 PDH 接口的外环回、内环回的应用

6.1.4 操作一 处理光接口 LOS 故障

任务工单 6-1 如表 6.3 所示。

表 6.3 任务工单 6-1

项目名称	故障处理
工作任务	处理光接口 LOS 故障
任务内容	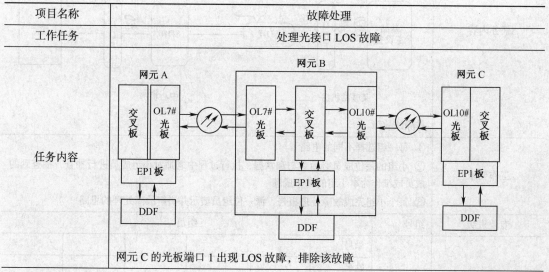 网元 C 的光板端口 1 出现 LOS 故障,排除该故障

工作要求	① 每一组选择不同的光路 ② 小组的每位成员必须参与和掌握，执行过程中老师对小组成员进行抽查，抽查到的成员成绩作为本小组的基本成绩 ③ 每个小组完成故障处理报告，派一位组员演示并讲解故障处理的思路				
专业班级	组号	组员			
	学号				
	姓名				
任务执行情况记录（包括执行人员分工情况、任务完成流程与情况、任务执行过程中所遇到的问题及处理情况）					
组长签字		完成时间			

6.1.5 操作二 处理电接口 LOS 故障

任务工单 6-2 如表 6.4 所示。

表 6.4   任务工单 6-2

项目名称	故障处理				
工作任务	处理电接口 LOS 故障				
任务内容	某基站机房　　　　　　　　　　　中心机房 排除该故障				
工作要求	① 每一组选择不同的电路 ② 小组的每位成员必须参与和掌握，执行过程中老师对小组成员进行抽查，抽查到的成员成绩作为本小组的基本成绩 ③ 每个小组完成故障处理报告，派一位组员演示并讲解故障处理的思路				
专业班级	组号	组员			
	学号				
	姓名				

续表

任务执行情况记录（包括执行人员分工情况、任务完成流程与情况、任务执行过程中所遇到的问题及处理情况）		
组长签字	完成时间	

6.2　任务二　处理 AIS 故障

6.2.1　任务准备

1. AIS 含义

AIS 的故障信息全称是 Alarm Indication Signal（告警指示信号），又叫全 1 码告警，俗称上游告警。一般是指本端能正常收到信号电平，而信号流中没有包含任何有用信息。该告警指示的段落在直接连通设备的上游方向，可能的原因有对端设备没有进入正常工作状态、对端设备停电、对端光端机工作不正常、光缆中断、本端光端机工作不正常、SDH 电路没有开放等。出现 AIS 故障信息，说明通信已中断。

常见的 AIS 告警有 MS_AIS、AU_AIS、HP-AIS、LP_AIS 、TU_AIS 等。

2. 告警产生机理

根据前面章节介绍的逻辑功能，SDH 设备各功能块产生的主要告警维护信号以及有关的开销字节如下。

- SPI：LOS
- RST：LOF（A1、A2），OOF（A1、A2），RS-BBE（B1）
- MST：MS-AIS（K2[b6—b8]）、MS-RDI（K2[b6—b8]），MS-REI（M1），MS-BBE（B2），MS-EXC（B2）
- MSA：AU-AIS（H1、H2、H3），AU-LOP（H1、H2）
- HPT：HP-RDI（G1[b5]），HP-REI（G1[b1—b4]），HP-TIM（J1），HP-SLM(C2)，HP-UNEQ(C2)，HP-BBE(B3)
- HPA：TU-AIS（V1、V2、V3），TU-LOP（V1、V2），TU-LOM（H4）
- LPT：LP-RDI(V5[b8])，LP-REI(V5[b3])，LP-TIM(J2)，LP-SLM(V5[b5—b7])，LP-UNEQ（V5[b5—b7]），LP-BBE（V5[b1—b2]）

为了理顺这些告警维护信号的内在关系，我们在下面列出了两个告警流程图。

图 6.7 所示是简明的 TU-AIS 告警产生流程图。TU-AIS 在维护设备时会经常碰到，通过图 6.7 分析，就可以方便地定位 TU-AIS 及其他相关告警的故障点和原因。

在维护设备时还有一个常见的原因会产生 TU-AIS，即将业务时隙配错，使收发两端的该业务时隙错开了。

如图 6.8 所示，发端 A 有一个 2Mbit/s 的业务要传与 B，A 将该 2Mbit/s 的业务复用到线路上的第 48 个 VC12 中，而 B 下该业务时是下的线路上的第 49 个 VC12，若线路上的第 49 个 VC12 未配置业务的话，那么 B 端就会在相应的通道上产生 TU-AIS 告警。若第 49 个 VC12 配置了其他 2Mbit/s 的业务的话，B 端就会现类似串话的现象（收到了不该收的通道信号）。

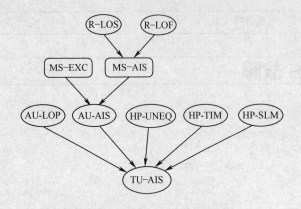

图 6.7 简明 TU-AIS 告警产生流程图

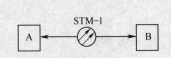

图 6.8 A、B 两端传输与告警产生

图 6.9 所示是一个较详细的 SDH 设备各功能块的告警流程图 3-26，通过它可看出 SDH 设备各功能块产生告警维护信号的相互关系。

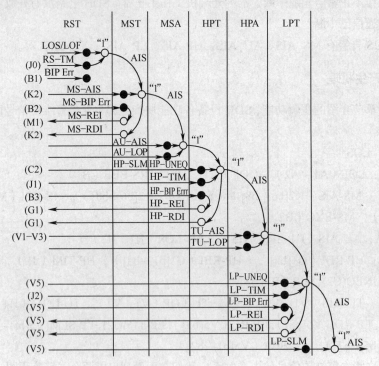

○ 表示产生出相应的告警或信号

● 表示检测出相应的告警

图 6.9 告警流程图

6.2.2 案例分析

如图 6.10 所示，A、B、C、D、E 共 5 个站点组成 2.5G 的复用段保护环。A 站为中心站，用 155Mbit/s 光板与交换机对接，其余各站用支路板下 2Mbit/s 业务，D、E 站业务走向为东收东发，B、C 业务站点为西收西发。现要在 E 站和 A 站之间增加 F 站点，构成一个 6 站点的复用段环。对 F 点重新下发命令行配置文件。将 F 站点加入了 E、A 之间后，各站点告警均正常。重新设置复用段节点参数、重新启动复用段参数，各站告警均正常。最后进行复用段的倒换测试，在倒换测试时先断开 F、E 之间的光纤，这时复用段环发生复用段倒换，但 E 站点、D 站上出现大量 TU_AIS 告警，均为到中心局的业务。

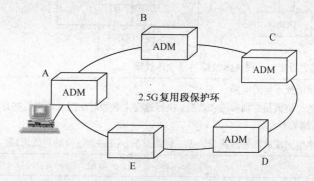

图 6.10   2.5G 复用段保护环

告警信息：TU_AIS、PS。

由于是在倒换后出现的 TU_AIS 告警，原因可能是复用段倒换失败、光板备用通道有问题。处理过程如下。

① 首先检查复用段状态，发现各站点倒换均正常，协议状态正常。

② 恢复 E、F 之间的光缆，重新起停协议，传输网管上所有站点告警消失，但是交换业务仍然未恢复。

由于原来的环网倒换正常，应该是新加入的 F 站点的问题。使用命令查询光板告警，发现有环回的告警，检查发现该站点东向光板，除第一个 VC-4 外，其余 VC-4 均被内环回。解开环回后业务正常，再次进行倒换测试时，业务正常。

该问题处理过程给我们带来以下经验教训。

① 在做完单站调测后，一定要将所做的单板设置取消，否则会给业务割接带来许多不必要的麻烦。

② 在传输进行扩容、升级等操作时，一定要与交换机房配合确认业务是否正常，而不能只单独查看传输告警。

6.2.3 操作一 处理光线路 AIS 告警

任务工单 6-3 如表 6.5 所示。

表 6.5　　　　　　　　　　　　　　任务工单 6-3

项目名称	故障处理					
工作任务	处理光接口 AIS 故障					
任务内容	网元 C 的光板端口出现 AIS 故障，排除该故障					
工作要求	① 每一组选择不同的电路 ② 小组的每位成员必须参与和掌握，执行过程中老师对小组成员进行抽查，抽查到的成员成绩作为本小组的基本成绩 ③ 每个小组完成故障处理报告，派一位组员演示并讲解故障处理的思路					
专业班级		组号		组员		
		学号				
		姓名				
任务执行情况记录（包括执行人员分工情况、任务完成流程与情况、任务执行过程中所遇到的问题及处理情况）						
组长签字			完成时间			

6.2.4　操作二　处理支路口 AIS 告警

任务工单 6-4 如表 6.6 所示。

表 6.6　　　　　　　　　　　　　　　　　　任务工单 6-4

项目名称	故障处理
工作任务	处理支路口 AIS 故障
任务内容	网元 A　　　　　　　　网元 B　　　　　　　　网元 C 交叉板　OL7# 光板　→　OL7# 光板　交叉板　OL10# 光板　→　OL10# 光板　交叉板 EP1 板　　　　　EP1 板　　　　　EP1 板 DDF　　　　　DDF　　　　　DDF 网元 C 的 EP1 端口 1 出现 AIS 故障，排除该故障
工作要求	① 每一组选择不同的电路 ② 小组的每位成员必须参与和掌握，执行过程中老师对小组成员进行抽查，抽查到的成员成绩作为本小组的基本成绩 ③ 每个小组完成故障处理报告，派一位组员演示并讲解故障处理的思路

专业班级	组号	组员				
		学号				
		姓名				

任务执行情况记录（包括执行人员分工情况、任务完成流程与情况、任务执行过程中所遇到的问题及处理情况）	

组长签字		完成时间	

6.3 任务三 处理 B1、B2、B3 故障

6.3.1 任务准备

1. 通道开销

在第二篇中我们已经学习了段开销和通道开销字节的含义,这里我们学习通道开销字节的应用。

(1)比特间插奇偶校验 8 位码 BIP-8:B1

B1 字节用于再生段层误码监测(B1 位于再生段开销中)。

(2)比特间插奇偶校验 $N×24$ 位的(BIP-N 24)字节:B2

B2 的工作机理与 B1 类似,只不过它检测的是复用段层的误码情况。B1 字节是对整个 STM-N 帧信号进行传输误码检测的,一个 STM-N 帧中只有一个 B1 字节,而 B2 字节是对 STM-N 帧中的每一个 STM-1 帧的传输误码情况进行监测,STM-N 帧中有 $N*3$ 个 B2 字节,每三个 B2 对应一个 STM-1 帧。

(3)通道 BIP-8 码中的 B3

通道 BIP-8 码 B3 字节负责监测 VC-4 在 STM-N 帧中传输的误码性能,也就监测 140Mbit/s 的信号在 STM-N 帧中传输的误码性能。监测机理与 B1、B2 相类似,只不过 B3 是对 VC-4 帧进行 BIP-8 校验。

若在收端监测出误码块,那么设备本端的性能监测事件——HP-BBE(高阶通道背景误码块)显示相应的误块数,同时在发端相应的 VC-4 通道的性能监测事件——HP-REI(高阶通道远端误块指示)显示出收端收到的误块数。B1、B2 字节也与此类似,通过这种方式可实时监测 STM-N 信号传输的误码性能。

(4)通道状态和信号标记字节:V5

V5 是复帧的第一个字节,TU-PTR 指示的是 VC12 复帧的起点在 TU-12 复帧中的具体位置,也就是 TU-PTR 指示的是 V5 字节在 TU-12 复帧中的具体位置。

V5 具有误码校测、信号标记和 VC12 通道状态表示等功能,由此可看出 V5 字节具有高阶通道开销 G1 和 C2 两个字节的功能。

若收端通过 BIP-2 检测到误码块,在本端性能事件由 LP-BBE(低阶通道背景误码块)中显示由 BIP-2 检测出的误块数,同时由 V5 的 b3 回送给发端 LP-REI(低阶通道远端误块指示),这时可在发端的性能事件 LP-REI 中显示相应的误块数。V5 的 b8 是 VC12 通道远端失效指示,当收端收到 TU-12 的 AIS 信号,或信号失效条件时,回送给发端一个 LP-RDI(低阶通道远端劣化指示)(注:本课程中 RDI 称之为远端劣化指示或远端失效指示)。

当劣化(失效)条件持续期超过了传输系统保护机制设定的门限时,劣化转变为故障,这时发端通过 V5 的 b4 回送给发端—LP-RFI(低阶通道远端故障指示)告之发端接收端相应 VC12 通道的接收出现故障。

b5 ~ b7 提供信号标记功能,只要收到的值不是 0 就表示 VC12 通道已装载,即 VC12 货包不

是空的。若 b5 ~ b7 为 000，表示 VC12 为空包，这时收端设备出现 LP-UNEQ（低阶通道未装载模式）告警，注意此时下插全 "0" 码（不是全 "1" 码——AIS）。若收发两端 V5 的 b5 ~ b7 不匹配，则接收端出现 LP-SLM（低阶通道信号标记失配）告警。

2．B1、B2、B3、V5 开销的应用

在 SDH 的日常维护中，误码性能是最重要的维护指标。SDH 在段开销（SOH）中安排了 B1、B2 字节，在高阶通道开销中安排了 B3 字节，在低阶通道开销中安排了 V5 字节的前两个比特 b1、b2，分别用于监测中继段、复用段、高阶通道和低阶通道的比特误码。维护人员如果熟悉开销字节和告警的对应关系，就可以迅速判断出障碍段落，有效地缩小故障的查找范围，从而缩短故障延时。维护人员如果在某层上检测出误码，则该层所承载的以上各层也会有误码，即若 B1 告警，则 B2、B3 肯定告警；若 B2 告警，则 B3 肯定告警，而 B1 不一定告警；若 B3 告警，B1、B2 不一定告警。必须注意的是，B1、B2 和 B3 等误码性能监测字节在整个 SDH 传输网络中只对其所在当前区域的信号进行误码性能监测，也就是说，上游再生段的误码不会积累至当前再生段，而当前再生段的误码也不会传递到下游段。例如，B1 只监测当前再生段的误码情况，B2 只监测当前复用段的误码情况，B3 只监测当前高阶通道的误码情况。

此外，SDH 还具有远端误码回送功能，使 B2、B3 及 V5 字节第 1、2 比特的告警引起其他开销字节的变化，提供对设备传输过程中产生的误码实现单端监测的手段。当下游站在接收到上游站信号中发现 B2 字节出现误码时，则会通过另一侧光纤用 M1 字节回送 MS-REI 告警给上游站，以指示复用段远端接收误码；当下游站在接收到的上游站信号中发现 B3 字节出现误码时，则会通过另一侧光纤用 G1 字节第 5 比特回送 HP-REI 告警给上游站，以指示高阶通道远端接收误码；当下游站在接收到的上游站信号中发现 V5 字节第 1、2 比特出现误码时，则会通过另一侧光纤用 V5 字节第 3 比特回送 LP-REI 告警给上游站，以指示低阶通道远端接收误码。

3．故障抢修应急预案

（1）应急预案的目的

应急预案的目的是提高应对突发事件的组织指挥能力和应急处置能力，保证应急通信指挥调度工作迅速、高效、有序地进行，满足突发情况下通信保障和通信恢复的需要，确保通信网络安全畅通。

出于以上目的，应从制度建设、技术实现、业务管理等方面建立健全通信网络安全的预防和预警机制。在网络规划中要贯彻落实网络安全的各项要求，合理组网，不断提高网络自愈和抗毁能力；在日常工作中要加强网络安全宣传教育工作，增强忧患意识；加强对各级网络的安全监控、防护工作以及应急处置的准备工作，加强监督检查，保障网络的安全畅通；加强通信重点保障目标的安全防卫；做好网间互联互通；建立和完善应急处置机制，定期组织演练，提高应对突发事件的能力。

（2）传输网络应急预案的内容

传输网络应急预案包括以下几个方面。

① 传输网络应急调度预案的指挥原则。原则上由集团网管中心负责全网的统一指挥调度。各地制订应急预案时可根据具体情况确定适合各等级应急预案的统一指挥调度部门。

② 传输网络应急调度预案的调度原则。指明出现紧急情况时故障线路的调度原则，并且应规

定相应的故障上报和故障处理流程。

③ 传输网络阻断时组织调度顺序。指明传输网络出现紧急情况时保证抢通重要电路的紧急情况故障处理方法。

④ 传输网络阻断时电路抢通原则。指明传输网络发生紧急情况时，根据电路用途和影响电路的重要程度及作用按顺序抢通受影响电路。

⑤ 应急附属设施的管理。指明传输网络发生紧急情况时，需要使用到的相关仪器仪表、工具、备品备件、抢险材料以及紧急抢修车辆的存放和管理使用原则，保证紧急情况出现时能够快速响应。

⑥ 各级实施部门的联系方式。详细列出紧急预案相关部门的负责人的联系方式，保证紧急情况发生时相关人员有效快速响应。

⑦ 传输网络各级线路应急调度方法。指明应急预案相关的线路的紧急情况下的调通方法，保证紧急情况出现时能够有条不紊地将故障线路调通，保证应急预案的有效性。

（3）日常保障措施

为达到应急保障预案的预期效果，应在日常的维护工作中注意相关工作的进行和监督，主要包括以下几个方面的内容。

① 通信保障应急队伍的建立。通信保障应急队伍由各单位的网络管理、运行维护、工程及应急机动通信保障机构组成。在日常工作中应不断加强通信保障应急队伍的建设，以满足通信保障和通信恢复应急工作的需要。

② 物资保障。日常工作中应建立必要的通信保障应急资源的保障机制，并按照通信保障应急工作需要配备通信保障应急装备，加强对应急资源及装备的管理、维护和保养，以备随时紧急调用。

③ 技术储备与保障。各级单位在平时应加强技术储备与保障管理工作，建立通信保障应急管理机构与专家的日常联系和信息沟通机制，在决策重大通信保障和通信恢复方案过程中认真听取专家的意见和建议。

适时组织相关专家和机构分析当前通信网络安全形势，对通信保障应急预案及实施进行评估，开展通信保障的现场研究，加强技术储备。

④ 宣传、培训和演习。各级通信保障应急管理机构应加强对通信网络安全和通信保障应急预案的宣传教育工作，定期或不定期地对有关通信应急指挥机构和保障人员进行技术培训和应急演练，保证应急预案的有效实施，不断提高通信保障应急的能力。

⑤ 专业的抢修及维护建制。要按照运行维护体系的组织管理，对所负责的抢修及维护对象（专业项目）进行系统的抢通、恢复、迂回、替代方面的预案拟制、运作及流程设计，定期进行业务培训、模拟训练，并接受省（市、区）通信公司运行维护主管部门和应急通信办公室的督查。

大区及重点边、海防区域机动通信局和省（市、区）机动通信局（队）作为战备应急通信的专业保障队伍，进行有针对性的专业培训、模拟训练和预案演习。

⑥ 其他需要考虑的问题。其他还需要考虑的问题包括交通运输、电力以及经费等有可能涉及的问题。应尽可能地考虑此类问题在紧急情况下对于预案实施所能造成的影响，在情况发生前尽可能避免此类影响。

6.3.2 操作 处理误码告警

任务工单 6-5 如表 6.7 所示。

表 6.7 任务工单 6-5

项目名称	故障处理				
工作任务	处理误码告警				
任务内容	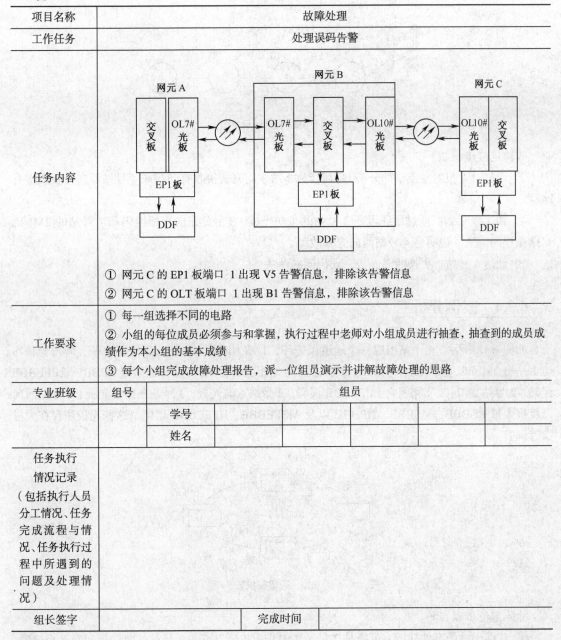 ① 网元 C 的 EP1 板端口 1 出现 V5 告警信息，排除该告警信息 ② 网元 C 的 OLT 板端口 1 出现 B1 告警信息，排除该告警信息				
工作要求	① 每一组选择不同的电路 ② 小组的每位成员必须参与和掌握，执行过程中老师对小组成员进行抽查，抽查到的成员成绩作为本小组的基本成绩 ③ 每个小组完成故障处理报告，派一位组员演示并讲解故障处理的思路				
专业班级	组号	组员			
		学号			
		姓名			
任务执行情况记录（包括执行人员分工情况、任务完成流程与情况、任务执行过程中所遇到的问题及处理情况）					
组长签字		完成时间			

6.3.3 案例分析一

如图 6.11 所示，1 站 2Mbit/s 支路板有 LPBBE 误码，3 站的东向光板有 RSBBE、MSBBE、HPBBE 误码，4 站西向光板有 MSFEBBE、HPFEBBE 误码，2Mbit/s 支路板有 LPFEBBE 误码。

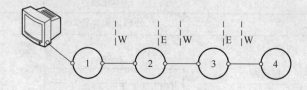

图 6.11　案例分析-示意图

故障定位步骤如下。

① 通过对上报的性能事件分析，可判断为 3 站东向光板接收有问题或 4 号站西向光板发送有问题。

② 到达 3 号站，通过尾纤自环 3 号站的东向光板，3 号站东向光板误码和 1 号站的 2Mbit/s 支路板误码消失，说明是 4 号站西向光板故障。

③ 到达 4 号站，更换西向光板，误码问题解决。

6.3.4 案例分析二

如图 6.12 所示，4 个站组成一个通道保护环，1 站为网管中心站，集中型业务，即每个站均与 1 站有 2Mbit/s 业务。现有 1 号站、3 号站、4 号站相应的 2Mbit/s 业务通道报 LPBBE、LPFEBBE 误码。2 号站 2Mbit/s 支路板有 LPFEBBE 误码。2 号站东向光板、3 号站东西向光板、4 号站西向光板报大量 RSBBE、MSBBE、HPBBE 以及 MSFEBBE、HPFEBBE 误码，这些光板还存在大量指针调整。

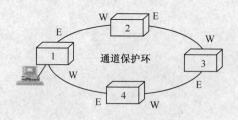

图 6.12　通道保护环

故障定位步骤如下。

① 从误码性能事件分析，可能是 2 号站东向光板故障，或是 3 号站的时钟板或交叉板故障。

② 通过网管关闭 2 号站东向光板的激光器，2 号站支路板的 LPFEBBE 误码消失，而 3 号站、4 号站的误码依旧，说明故障点在 3 号站。

③ 到达 3 号站，更换时钟板，误码消失，故障排除。

6.3.5 项目升级 应急保障案例

以某本地网传输系统的应急预案为例，了解应急预案的具体实施。

1．本地网传输系统描述

本地网传输系统为连接**地区各县份传输网络与移动、数据、租线业务的网络承载平台。目前有本地网成环网络 7 个环，覆盖所有的县城和乡镇站点，目前开通并在用的电路数 1 000 余条。

2．通信保障应急预案实施目的

本着先抢通后维修的原则，如果本地网传输系统出现重大通信事故或通信故障，通过启用通信保障应急预案，启用备用光缆线路或本地网传输设备抢修方案，恢复通信网络。如果为线路故障，启用备用倒代通纤芯将本地网设备换到备用纤芯恢复通信。如果为设备故障，则立即进行抢修，更换备件，更改或调整时隙，重新恢复数据和导入备份数据，将设备抢通。

3．通信保障应急预案联系人及电话号码

传输网管中心：
值班电话：
传输维护中心：
厂家督导：

4．通信保障应急预案网络准备条件

① 倒代所用的纤芯。
② 更换的备用板块。

5．通信保障应急预案实施方案

① 本地网传输设备光板告警，红灯闪烁频率为一秒钟闪 3 次，网管显示紧急告警，所有设备的交叉板进入保护倒换状态，启用应急预案。

② 检查本地网设备单板故障情况，环回华为 S16 光线路板或中兴 OL16 板，并检查华为 XCS 交叉板、SCC 主控板，中兴 CSX 交叉板、SC 时钟板等故障情况。如单板状态正常时，则初步判断为线路故障。

③ 立即通知线路抢修人员紧急抢通光缆，并向上级主管及部门经理汇报故障情况。

④ 派人带上华为 S16 板、XCS 交叉板、SCC 主控板，中兴 CSX 交叉板，SC 时钟板及笔记本电脑赶往故障站点，检查设备是否出现故障。如果是故障产生站点的设备故障，立即处理或更换备板，抢修故障。

⑤ 如果设备正常，则敦促线路抢修人员抢修光缆线路，并加强监控，预防同一网络内其他站点出现故障，引起链路中断。同时通知移动部维护中心确认站点供电情况，确保正常。

⑥ 故障处理完毕，观察本地网设备运行 10 分钟，10 分钟后网元设备运行正常，保护倒换自动取消，电路恢复到主用传输通道，与交换网管确认业务恢复状态。

6. 通信保障应急预案故障处理手册

（1）设备故障处理措施

下面介绍面板灯处理措施，如表 6.8 所示。

表 6.8 面板灯处理措施

运行灯状态	常见原因	操作
电路板红、绿灯灭	该板或时钟板有故障	换该板或时钟板
电路板红、绿灯长亮	该板自检失败或时钟板有故障	换该板或时钟板
板绿灯每 4s 闪烁 1 次	该板脱机或处于复位状态	重新拔插该板，换该板、换 SCC 板
某板绿灯每 1s 闪烁 5 次	配置数据丢失	重下配置数据
某网元的所有支路板、线路板和交叉板的红灯均每 1s 闪烁 3 次	时钟板故障	换时钟板

注意：复位、拔插、更换电路板或重下配置数据，都会导致业务中断。具体操作时避免造成故障扩大。更换主控板后，需重下该网元的配置数据。

（2）线路故障处理措施

线路上有 R_LOS、R_LOF 等告警或再生段误码时，可通过网管查询光板激光器性能事件或通过光功率计测试收、发光功率，判断光功率是否在光板的正常工作范围之内，排除对端网元掉电、光缆问题。如果是设备问题，可通过自环的方法（注意衰减）定位故障点，更换光板或时钟板。

（3）误码和指针故障处理措施

误码问题按照先线路板、后支路板的顺序处理。线路误码与光功率、光板类型、光板故障有关，只有支路误码的情况可以通过环回的方法定位。指针问题需要检查全网的时钟配置情况。

（4）数据配置故障处理措施

按照业务路由逐段检查业务配置正确性。如果时隙配置数据混乱无法查询，或中断面积过大逐条恢复历时太长，则将最近一次数据备份光盘里的数据导入网管，执行下发命令，恢复数据。

（5）环回和未装载故障处理措施

检查业务路由上是否设置了环回或通道未装载。如有环回，则将软环回撤销。如有通道未装载，则执行数据重新下载操作，重新激活数据。

6.4 项目小结

该项目主要讲述日常进行传输系统维护时常见故障，并说明处理的流程与思路。以常见的 LOS、AIS 以及误码告警为例，通过网管告警获取信息，并分析消息。查找故障最常用的方法就是逐级环回法，这是日常维护工作人员必须掌握的方法，并遵循告警处理的流程，缩短故障延时，提高网络质量。

重点：故障信息的含义、故障定位的常用方法、故障产生机理。

难点：根据具体故障案例分析故障原因。

习 题

一、填空题

1. SDH 帧结构的段开销和通道开销中有丰富的字节用作误码监视，其中_____字节用作再生段误码监视；_____字节用作复用段误码监视，而_____字节作为复用段远端误码块指示；_____字节用作高阶通道误码监视，而_____字节的高四位作为高阶通道远端误码块指示；_____字节的高两位作为低阶通道误码监视，其第三位作为低阶通道远端误码块指示。

2. 关于 1+1 保护方式，由于一端是_____，因而保护倒换只需由下游端作决定即可。

3. 差错检测的所有手段可分为两大类，即_____和_____。

二、选择题

1. MS-AIS 的含义是（　　），AU-AIS 的含义是（　　），TU-AIS 的含义是（　　）。

　　A. VC-12 和 TU-12 指针全部为"1"。

　　B. 整个 STM-N 帧内除 STM-N RSOH 外全部为"1"。

　　C. 整个 STM-N 帧内除 STM-N RSOH 和 MSOH 外全部为"1"。

2. 当 SDH 网元接收到 MS-AIS 将如何响应？（　　）

　　A. 向上游发送 MS-REI　　　　　　　　B. 向上游发送 MS-RDI

　　C. 向上游发送 MS-AIS　　　　　　　　D. 向下游插入 MS-BIP Err

三、简答题

1. 描述 SDH 技术段开销中比特间插奇偶校验 8 位码 B1 的功能。

2. 试述设备某 2Mbit/s 通道检测出 T-ALOS 告警时设备故障的定位方法。

3. 系统故障分析与一般处理流程。

4. 阐述 SDH 网络管理中故障管理功能。

第 四 篇
传输系统的应用

学习目标

1. 理解微波传输的基本原理及其在各通信系统中的应用。

2. 理解 WDM 的基本原理及其在各通信系统中的应用。

3. 微波 OTN 的基本原理及其在各通信系统中的应用。

4. 能综合运用课程知识，分析各种传输技术在通信各领域中的应用。

项目七
高铁传输系统

7.1 高铁概述

1. 概述

根据 UIC（国际铁道联盟）的定义，高速铁路是指营运时速达 200km 的铁路系统。广义的高速铁路包含了使用磁悬浮技术的高速轨道交通运营系统。世界高速铁路的发展大致可以划分成以下几个阶段。

（1）第一阶段：1964 年至 1990 年

1964 年 10 月，日本修建了从东京到大阪的东海道新干线，全长 515.4km，运营时速高达 210km，这标志着世界高速铁路新纪元的到来，法国、意大利、德国随即先后启动其高速铁路建设项目。

（2）第二阶段：1990 年至 20 世纪 90 年代中期

法国、德国、意大利、西班牙、比利时、荷兰、瑞典、英国等大部分欧洲国家，大规模修建本国甚至跨国高速铁路，逐步形成了欧洲高速铁路网络。

（3）第三阶段：从 20 世纪 90 年代中期至今

在韩国、中国、美国、澳大利亚等国的带领下，在世界范围内掀起了建设高速铁路的热潮。主要体现在以下两个方面：首先，高速铁路的修建得到了各国政府的大力支持，一般都有了全国性的整体建设规划，并按照规划逐步实施；其次，修建高速铁路的经济效益和社会效益，得到了更广层面的共识。

2. 高铁对通信的需求

铁路通信系统是铁路信息化的基础，是高速铁路正常运营的神经中枢。高速铁路对通信系统的需求主要体现在以下几个方面。

① 为铁路运输各系统（如信号系统、票务系统、动力环境监控系统等）提供可靠的有线传输和无线传输通道。

② 为铁路工作人员提供内部、外部联络用的多种通信手段。

③ 为铁路运输的调度指挥（包括列车运行、下达调度命令、电力供应、日常维修、防灾救护、客运服务、信息管理等）提供提供网络服务以及高质量的语音、数据及图像通信业务。

④ 为铁路业务部门的固定用户（控制中心、调度员、车站值班员等）和移动用户（列车司机、维修人员等）之间的交流提供语音和数据信息服务。

⑤ 为控制中心的调度员、各车站值班员、列车司机等提供通信信息。

⑥ 为运营提供基准时间信息即时钟同步信息。

⑦ 能与既有铁路通信系统互联互通。

3. 高铁通信系统整体架构

分析上述高速铁路对通信的需求发现，高速铁路通信系统需要以传输及接入、数据网、GSM-R等系统为基础，建立调度、会议电视、综合视频监控、救援指挥、动力环境监控和同步时钟分配等业务系统，将有线和无线通信有机结合，从而实现高可靠的集语音、数据、图像于一体的多媒体通信。

因此，高速铁路通信系统通常需要涉及传输及接入系统、电话交换系统、数据通信网络、专用移动通信系统、调度通信系统、会议电视系统、救援指挥通信系统、综合视频监控系统、通信综合网管系统、同步及时钟分配系统、通信电源系统、动力环境监控系统以及各站段综合布线系统等，其结构如图7.1所示。

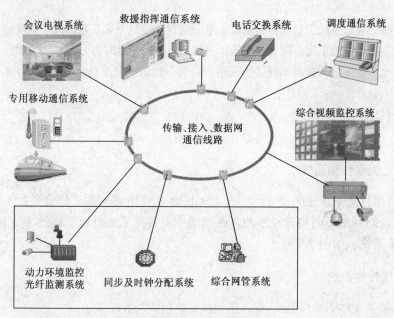

图7.1 高速铁路通信网总体结构

由图7.1可知，传输、接入、数据网以及通信线路构成高速铁路通信网的公共基础平台，综合视频监控系统、调度通信系统、电话交换系统、救援指挥通信系统、会议电视系统、专用移动通信系统等依托此公共基础平台提供相应的业务服务和通道支撑。各系统既相互分工，又通力协作，构建一个完整的通信网络。各系统间的相互关系和接口方式如图7.2所示。

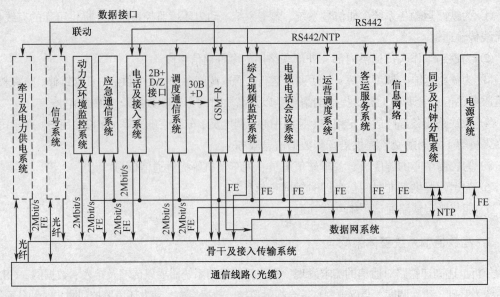

图 7.2　铁路各通信系统的相互关系及接口

7.2　高铁传输系统案例

7.2.1　某高铁通信系统概况

某高速铁路的通信系统主要有传输系统、电话交换及接入系统、数据网、调度通信系统、综合视频监控系统、会议电视系统、应急救援指挥通信系统、同步及时钟分配系统、通信电源及环境监控系统、通信电源系统、长途及站场通信线路、综合布线系统以及 GSM-R 无线通信系统等系统。

7.2.2　传输系统

1．骨干汇聚层传输系统

骨干汇聚层传输系统是采用 STM-16 2.5Gbit/s 系统组建多业务传输平台（MSTP）骨干汇聚层，利用铁路两侧不同物理径路的两条光缆中的各两芯光纤组织线性 1+1 保护骨干汇聚层多业务传输系统，如图 7.3 所示。

2．接入层传输系统

接入层传输系统如图 7.4 所示，接入层传输系统包括以下几部分。

（1）主干传输环

车站、信号中继站、区间基站、牵引变电所、分区所、AT 所等处所设置接入层节点，利用铁路两侧不同物理径路的两条光缆中的各两芯光纤组成一个 STM-4 622Mbit/s 二纤通道保护环。

（2）邻站间直通传输环

同时在车站之间开设 STM-4 622Mbit/s（1+1）MSTP 传输系统，用于承载数据网站间互联业务和其他重要站间业务。

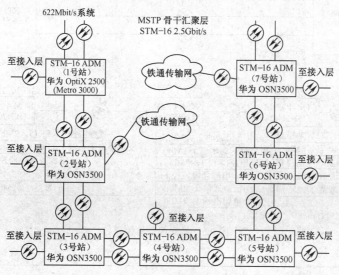

图 7.3　骨干汇聚层传输系统结构

（3）站间及站内业务传输环

车站范围内的综合维修工区、货运综合楼、牵引变电所、10kV 配电所、机务折返段、客整所、站调楼、驼峰等站内接入层节点根据节点分布，组成站内 STM-4 622Mbit/s 二纤通道保护环。

3. 站间及站内业务传输环

各站间及站内业务传输环如图 7.5 和图 7.6 所示。

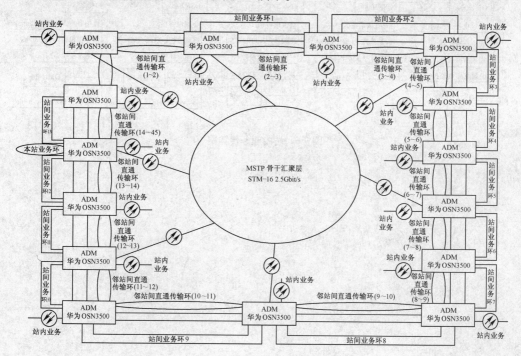

图 7.4　接入层传输系统结构

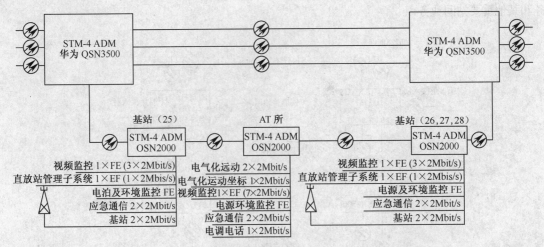

图 7.5　站间业务传输环

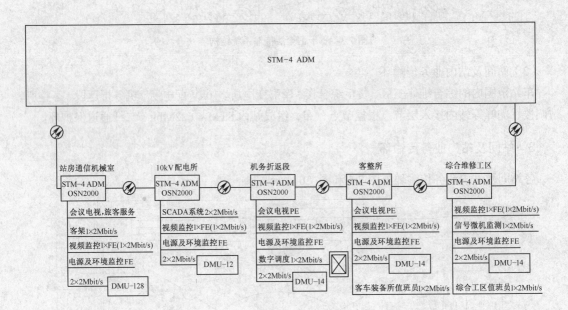

图 7.6　站内业务传输网

项目八

DWDM 的应用

8.1 基本原理

8.1.1 概述

目前的光通信网络的复用技术有波分复用（WDM）、时分复用（TDM）和码分复用（CDM）3 种。其中 TDM 和 CDM 对电子器件的速率要求很高，而在波分复用 WDM 中，电子设备的速率只需是一个波长信道的速率即可（波长信道速率在理论上可以是任选的）。因为（WDM）对电子速率没有别的要求，所以它成为最吸引人的光域复用技术。

波分复用技术从光纤通信伊始就出现了。首先出现的是两波长的 WDM（1 310/1 550nm）系统，此类系统在 20 世纪 80 年代就在美国 AT&T 网中使用，速率为 2×1.7Gbit/s。但是一直到 20 世纪 90 年代中期，WDM 系统发展速度仍较缓慢。

从 20 世纪 90 年代中期开始，波分复用技术首先在北美开始了飞速发展，并首先向密集波分复用 DWDM 系统方向发展。1995 年，Lucent 公司的 8×2.5Gbit/s 密集波分复用系统正式投入商用。1997 年，北美所有的电信业务运营商都已经使用了密集波分复用系统，越来越多的电信业务通过密集波分复用设备传输。到 1998 年，利用密集波分复用设备，北美长途传输主干线上单纤所承载的业务量已达到 100Gbit/s，单信道容量从 2.5Git/s 上升到 10Gbit/s，波长数从 4 或 8 波长增加到 32、40 直至上百个信道，发展非常迅速。在欧洲，从 1997 开始，受业务量大幅度增加的推动，密集波分复用系统大规模地进入商用。欧洲各国各大电信运营商安装了大量点对点密集波分复用系统，这些系统以 16×2.5Git/s 密集波分复用光纤通信系统为主，其中某些已具有光复用段保护倒换功能（OMPS）。

在波分复用，特别是密集波分复用系统大规模进入商用，实现了产业化的同时，波分复用技术不断向着更多的波长、更高的单信道速率、更大的总容量方向发展。

WDM 波分复用技术在网络中的广泛应用，不仅在某种程度上解决了带宽匮乏的问题，而且使单根光纤中复用的多路段波长可共享同一个放大器，从而节约了设备成本。随着技术的不断进步，在光层执行许多高级的联网功能已迫在眉睫。由于节点业务流量不断增长，在光层提供路由功能具有无可比拟的优势。

当电子设备逐步达到其物理极限时，波分复用（WDM）、光交换技术以其独有的技术优势和多波长特性，正在向人们展示通过波长通道直接进行连网（即光网络）的巨大潜力和光辉前景。光网络技术的迅速发展为 Internet 日益膨胀的信息流量提供了强大的网络支持。更为重要的是，光放大器和波分复用等光通信新技术的不断进步，不仅强化了光联网的重要地位，而且将光逐渐扩大到网络边缘并显示出强大的生命力。OADM 和 OXC 设备的应用，使得在某些节点终结一些波长同时使其他波长透明通过该节点成为可能，它们这种能够动态提供端到端波长通道建立的能力，从本质上降低了或消除了对光电转换、光电设备的需求量。各种标准化组织目前都在努力使光网络成为一种具有所有传送功能的通用的网络平台，其中包括使光网络成为一种具有所有的传送功能的通用的网络平台，其中也包括使光网络成为一种具有可管理性、可动态提供保护恢复功能的网络实体。业务流量的持续增长和动态可重构性 OADM 和 OXC 的应用，使得光层提供保护恢复等网络生存性具有很大的吸引力。

8.1.2 波分复用技术原理

在模拟载波通信系统中，为了充分利用电缆的带宽资源，提高系统的传输容量，通常利用频分复用的方法，即在同一根电缆中同时传输若干个信道的信号，接收端根据各载波频率的不同，利用带通滤波器滤出每一个信道的信号。同样，在光纤通信系统中也可以采用光的频分复用的方法来提高系统的传输容量，在接收端采用解复用器（等效于光带通滤波器）将各信号光载波分开。由于在光的频域上信号频率差别比较大，人们更喜欢采用波长来定义频率上的差别，因而这样的复用方法称为波分复用（WDM）。

WDM 技术是为了充分利用单模光纤低损耗区带来的巨大带宽资源，根据每一信道光波频率的（或波长）不同，将光纤的低损耗窗口划分成若干个信道，把光波作为信号的载波，在发送端采用波分复用器（合波器）将这些不同波长承载不同信号的光载波分开的复用方式。由于不同波长的光载波信号可以看做互相独立的（不考虑光纤非线性时），从而在一根光纤中可实现多路光信号的复用传输。双向传输的问题也很容易解决，只需将两个方向的信号分别安排在不同波长传输即可。根据分复用器的不同，可以复用的波长数也不同，从两个至几十个不等，现在商用化的一般是 8 波长、16 波长和 32 波长系统，这取决于所允许的光载波波长的间隔大小，图 8.1 所示为波分复用原理。

1. 早期 WDM 系统

在 20 世纪 80 年代初，光纤通信兴起之初，人们想到并首先采用的是在光纤的两个低损耗窗口 1 310nm 和 1 550nm 窗口各传送 1 路光波长信号，也就是通常所说的 1 310nm/1 550nm 两波分的 WDM 系统，这种系统在我国也有实际应用，如图 8.2 所示。

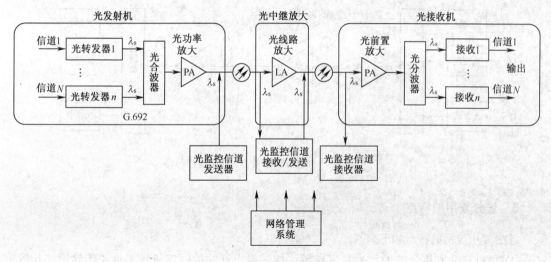

图 8.1　波分复用原理组成

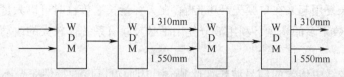

图 8.2　1 310 / 1 550 WDM 系统

这种系统光纤比较简单，一般采用熔融的波分复用器件，插入损耗小；没有光放大器，在每个中继站上，两个波长都进行解复用和光/电再生中继，然后再复用在一起传向下一站。很长一段时间内在人们的理解中，WDM 系统就是指波长间隔为数十纳米的系统，例如 1310nm/1550nm 两波长系统（间隔达 200 多纳米）。因为在当时的条件下，实现几纳米波长间隔是不大可能的。

2．DWDM 系统

随着 1 550nm 窗口 EDFA 的商用化，WDM 系统的应用进入了一个新时期。人们不再利用 1 310nm 窗口，而只在 1 550nm 窗口传送多路光载波信号。由于这些 WDM 系统的相邻波长间隔比较窄（一般为 1.6nm），且工作在一个窗口内共享 EDFA 光放大器。为了区别于传统的 WDM 系统，人们称这种波长间隔更紧密的 WDM 系统为密集波分复用系统。所谓密集，是指相邻波长间隔较小。过去 WDM 系统上是几十纳米的波长间隔，现在的波长间隔小多了，只有（0.8 ~ 2）nm，甚至小于 0.8 nm。密集波分复用技术其实是波分复用的一种具体表现形式，1550 nm 的密集波分复用系统如图 8.3 所示。由于某种 DWDM 光载波的间隔很密，因而必须采用高分辨率波分复用器件来选取，例如利用平面波导型或光纤光栅等新型光器件，而不能再利用熔融型的波分复用器件。

在 DWDM 长途波分复用系统中，波长间隔较小的多路光信号可共用 EDFA 光放大器。在两个波分复用终端之间，采用一个 EDFA 代替多个传统的电再生中继器，同时放大多路光信号，增大光传输距离。在 DWDM 系统中，EDFA 光放大器和普通的光/电/光再生中继器将共同存在，EDFA用来补偿光纤的损耗，而常规的光/电/光再生中继器用来补偿色散、噪声积累带来的信号失真。

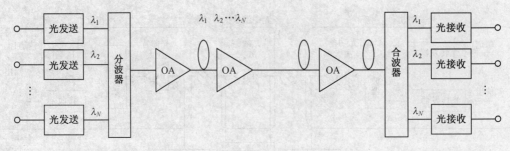

图 8.3　1 550nm 窗口的 DWDM 系统

3．波分复用的特点

波分复用技术的特点如下。

① 可以充分利用光纤的巨大带宽资源，使一根光纤的传输容量比单波长传输增加几倍至几十倍。

② 使 N 个波长复用起来在单模光纤中传输，在大容量长途传输时可以大量节约光纤。另外，对于早期安装的芯数不多的光盘，利用波分复用不必对原有系统作较大的改动即可比较方便地扩容。

③ 由于同一光纤中传输的信号波长彼此独立，因而可以传输特性完全不同的信号，完成各种电信业务的综合和分离，包括数字信号和模拟信号，以及 PDH 信号和 SDH 信号的综合与分离。

④ 波分复用通道对数据格式是透明的，即与信号速率及电调制方式无关。一个 WDM 系统可能承载多种格式的"业务"信号，如 ATM、IP 或者将来有可能出现的信号。WDM 系统完成的是透明传输，对于"业务"层信号来说，WDM 的每个波长就像"虚拟"的光纤一样。

⑤ 在网络扩充和发展中，它是理想的扩容手段，也是引入宽带新业务（如 CATV、HDTV 和宽带 IP 等）的方便手段，增加一个附加波长即可引入任意想要的新业务或新容量。

⑥ 利用 WDM 技术选路来实现网络交换和恢复，可能实现未来透明的、具有高度生存性的光网络。

⑦ 在国家骨干网的传输系统中，EDFA 的应用可以大大减少长途干线系统 SDH 中继器的数目，从而减少成本。距离越长，节省成本就越多。

因此，过去无论 PDH 的 34Mbit/s～565 Mbit/s，还是 SDH 的 155 Mbit/s～2.5Gbit/s，其扩容升级方法都是采用光电变换和透明传输，对信号在光域上没有任何处理措施（甚至于放大）。WDM 技术的应用第一次把复用方式从电信号转移到光信号，在光域上用波分复用（即频率复用）的方式提高传输速率，光信号实现了直接复用和放大，而不再回到电信号上处理，并且各个波长彼此独立，对传输的数据格式透明。因此，从某种意义上讲，WDH 技术的应用标志着通信时代的"真正"到来。

8.1.3　波长、频率、波道号对照表

各波分复用系统的波长、频率及波道号的对应关系如表 8.1、表 8.2 和表 8.3 所示。

表 8.1　　　　　　　　　光复用段各通道中心频率及偏移指标（32 波）

波分复用信道	第 1 通道	第 2 通道	第 3 通道	第 4 通道	第 5 通道	第 6 通道	第 7 通道	第 8 通道
中心频率指标/THz	192.10	192.20	192.30	192.40	192.50	192.60	192.70	192.80
偏移指标/GHz	$<\pm 10$	$<\pm 10$	$<\pm 10$	$<\pm 10$	$<\pm 10$	$<\pm 10$	$<\pm 10$	$<\pm 10$
波分复用信道	第 9 通道	第 10 通道	第 11 通道	第 12 通道	第 13 通道	第 14 通道	第 15 通道	第 16 通道
中心频率指标/THz	192.90	193.00	193.10	193.20	193.30	193.40	193.50	193.60
偏移指标/GHz	$<\pm 10$	$<\pm 10$	$<\pm 10$	$<\pm 10$	$<\pm 10$	$<\pm 10$	$<\pm 10$	$<\pm 10$
波分复用信道	第 17 通道	第 18 通道	第 19 通道	第 20 通道	第 21 通道	第 22 通道	第 23 通道	第 24 通道
中心频率指标/THz	193.70	193.80	193.90	194.00	194.10	194.20	194.30	194.40
偏移指标/GHz	$<\pm 10$	$<\pm 10$	$<\pm 10$	$<\pm 10$	$<\pm 10$	$<\pm 10$	$<\pm 10$	$<\pm 10$
波分复用信道	第 25 通道	第 26 通道	第 27 通道	第 28 通道	第 29 通道	第 30 通道	第 31 通道	第 32 通道
中心频率指标/THz	194.50	194.60	194.70	194.80	194.90	195.00	195.10	195.20
偏移指标/GHz	$<\pm 10$	$<\pm 10$	$<\pm 10$	$<\pm 10$	$<\pm 10$	$<\pm 10$	$<\pm 10$	$<\pm 10$

表 8.2　　　　　　　　　光复用段各通道中心频率及偏移指标（40 波）

波分复用信道	第 1 通道	第 2 通道	第 3 通道	第 4 通道	第 5 通道	第 6 通道	第 7 通道	第 8 通道
中心频率指标/THz	192.10	192.20	192.30	192.40	192.50	192.60	192.70	192.80
偏移指标/GHz	$<\pm 10$	$<\pm 10$	$<\pm 10$	$<\pm 10$	$<\pm 10$	$<\pm 10$	$<\pm 10$	$<\pm 10$
波分复用信道	第 9 通道	第 10 通道	第 11 通道	第 12 通道	第 13 通道	第 14 通道	第 15 通道	第 16 通道
中心频率指标/THz	192.90	193.00	193.10	193.20	193.30	193.40	193.50	193.60
偏移指标/GHz	$<\pm 10$	$<\pm 10$	$<\pm 10$	$<\pm 10$	$<\pm 10$	$<\pm 10$	$<\pm 10$	$<\pm 10$
波分复用信道	第 17 通道	第 18 通道	第 19 通道	第 20 通道	第 21 通道	第 22 通道	第 23 通道	第 24 通道
中心频率指标/THz	193.70	193.80	193.90	194.00	194.10	194.20	194.30	194.40
偏移指标/GHz	$<\pm 10$	$<\pm 10$	$<\pm 10$	$<\pm 10$	$<\pm 10$	$<\pm 10$	$<\pm 10$	$<\pm 10$
波分复用信道	第 25 通道	第 26 通道	第 27 通道	第 28 通道	第 29 通道	第 30 通道	第 31 通道	第 32 通道
中心频率指标/THz	194.50	194.60	194.70	194.80	194.90	195.00	195.10	195.20
偏移指标/GHz	$<\pm 10$	$<\pm 10$	$<\pm 10$	$<\pm 10$	$<\pm 10$	$<\pm 10$	$<\pm 10$	$<\pm 10$
波分复用信道	第 33 通道	第 34 通道	第 35 通道	第 36 通道	第 37 通道	第 38 通道	第 39 通道	第 40 通道
中心频率指标/THz	195.30	195.40	195.50	195.60	195.70	195.80	195.90	196.00
偏移指标/GHz	$<\pm 10$	$<\pm 10$	$<\pm 10$	$<\pm 10$	$<\pm 10$	$<\pm 10$	$<\pm 10$	$<\pm 10$

表 8.3　　　　　　　　　光复用段各通道中心频率及偏移指标（80 波）

波分复用信道	第 1 通道	第 2 通道	第 3 通道	第 4 通道	第 5 通道	第 6 通道	第 7 通道	第 8 通道
中心频率指标/THz	196.05	196.00	195.95	195.90	195.85	195.80	195.75	195.70
偏移指标/GHz	$<\pm 3$	$<\pm 3$	$<\pm 3$	$<\pm 3$	$<\pm 3$	$<\pm 3$	$<\pm 3$	$<\pm 3$
波分复用信道	第 9 通道	第 10 通道	第 11 通道	第 12 通道	第 13 通道	第 14 通道	第 15 通道	第 16 通道
中心频率指标/THz	195.65	195.60	195.55	195.50	195.45	195.40	195.35	195.30
偏移指标/GHz	$<\pm 3$	$<\pm 3$	$<\pm 3$	$<\pm 3$	$<\pm 3$	$<\pm 3$	$<\pm 3$	$<\pm 3$
波分复用信道	第 17 通道	第 18 通道	第 19 通道	第 20 通道	第 21 通道	第 22 通道	第 23 通道	第 24 通道
中心频率指标/THz	195.25	195.20	195.15	195.10	195.05	195.00	194.95	194.9
偏移指标/GHz	$<\pm 3$	$<\pm 3$	$<\pm 3$	$<\pm 3$	$<\pm 3$	$<\pm 3$	$<\pm 3$	$<\pm 3$

波分复用信道	第 25 通道	第 26 通道	第 27 通道	第 28 通道	第 29 通道	第 30 通道	第 31 通道	第 32 通道
中心频率指标/THz	193.85	194.8	194.75	194.7	194.65	194.6	194.55	194.5
偏移指标/GHz	<±3	<±3	<± 3	<±3	<±3	<± 3	<±3	<±3
波分复用信道	第 33 通道	第 34 通道	第 35 通道	第 36 通道	第 37 通道	第 38 通道	第 39 通道	第 40 通道
中心频率指标/THz	194.45	194.4	194.35	194.3	194.25	194.2	194.15	194.1
偏移指标/GHz	<±3	<±3	<± 3	<±3	<±3	<± 3	<±3	<±3
波分复用信道	第 41 通道	第 42 通道	第 43 通道	第 44 通道	第 45 通道	第 46 通道	第 47 通道	第 48 通道
中心频率指标/THz	194.05	194	193.95	193.9	193.85	193.8	193.75	193.7
偏移指标/GHz	<±3	<±3	<± 3	<±3	<±3	<± 3	<±3	<±3
波分复用信道	第 49 通道	第 50 通道	第 51 通道	第 52 通道	第 53 通道	第 54 通道	第 55 通道	第 56 通道
中心频率指标/THz	193.65	193.6	193.55	193.5	193.45	193.4	193.35	193.3
偏移指标/GHz	<±3	<±3	<± 3	<±3	<±3	<± 3	<±3	<±3
波分复用信道	第 57 通道	第 58 通道	第 59 通道	第 60 通道	第 61 通道	第 62 通道	第 63 通道	第 64 通道
中心频率指标/THz	193.25	193.2	193.15	193.1	193.05	193	192.95	192.9
偏移指标/GHz	<±3	<±3	<± 3	<±3	<±3	<± 3	<±3	<±3
波分复用信道	第 65 通道	第 66 通道	第 67 通道	第 68 通道	第 69 通道	第 70 通道	第 71 通道	第 72 通道
中心频率指标/THz	192.85	192.8	192.75	192.7	192.65	192.6	192.55	192.5
偏移指标/GHz	<±3	<±3	<± 3	<±3	<±3	<± 3	<±3	<±3
波分复用信道	第 73 通道	第 74 通道	第 75 通道	第 76 通道	第 77 通道	第 78 通道	第 79 通道	第 80 通道
中心频率指标/THz	192.45	192.4	192.35	192.3	192.25	192.2	192.15	192.1
偏移指标/GHz	<±3	<±3	<± 3	<±3	<±3	<± 3	<±3	<±3

8.2　WDM 系统

8.2.1　网络单元

DWDM 设备一般按用途可分为光终端复用设备（Optical Terminal Multiplexer，OTM）、光线路放大设备（Optical Line Amplifier，OLA）、光分插复用设备（Optical Add/Drop Multiplexer，OADM）、电中继设备（Regenerator，REG）、光均衡设备（Optical Equalizer，OEQ）等几种类型。现以 80 波设备为例分别介绍各种网络单元。

1. 光终端复用设备 OTM

OTM 放置在终端站，可以划分为发送部分和接收部分。在发送端把多个客户端设备（如 SDH 设备）输出的光信号进行光波长转换（将客户侧非标准波长的信号转换成符合 ITU-T G.694.1 建议的标准波长的信号）、复用，合并在一根光纤进行放大、传输。在接收端把在一根光纤里传输的所有信道分开，再分别送到对应的客户端设备上。

OTM 按功能单元划分为以下几类。

① 光波长转换单元（OTU）。

② 光复用单元（OM）。

③ 光解复用单元（OD）。

④ 光放大单元（OA）。

⑤ Raman 泵浦放大单元（RPU）。

⑥ 光监控信道处理单元或光监控信道及时钟传送单元（OSC/OTC）。

⑦ 光监控信号接入单元。

⑧ 色散补偿单元（DCM）。

⑨ 多通道光谱分析单元（MCA）。

⑩ 系统控制与通信单元（SCC）。

⑪ OTU 电源备份单元（PBU）。

OTM 设备的组成结构及信号流框图如图 8.4 所示。

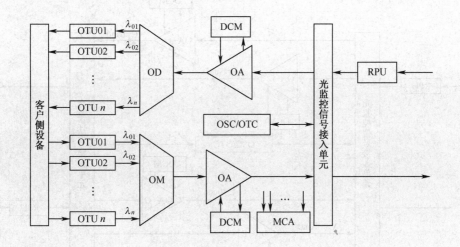

OM–光复用单元　　　　　　OD–光解复用单元　　　　　　OA–光放大单元
OTU–光波长转换单元　　　　MCA–多通道光谱分析单元　　DCM–色散补偿模块
OSC–光临控信道处理单元　　OTC–光监控信道及时钟传送单元　RPU–Raman 泵浦放大单元

图 8.4　OTM 设备的组成及信号流框图

在发送端，客户侧的非标准波长光信号经过 OTU 转换成符合 ITU-T G.694.1 建议的 DWDM 标准波长的光信号。OM 复用多个单波信号，并将复用后的合路信号送入 OA 放大，同时 DCM 完成色散的预补偿。最后经过放大的合路信号和光监控信号通过光监控信号接入单元合波，注入线路光纤进行传输。

在接收端，RPU 对接收的线路光信号进行低噪声放大（可选配置），而后线路光信号被分解成光监控信号和业务合路光信号。业务合路信号经过 OA 放大和色散补偿送入 OD，完成合路信号的分解。监控信号直接由 OSC 或 OTC 进行处理。

OM、OD、OA 等单元提供光性能监测口，可以接入多通道光谱分析单元 MCA，对多路光信号的性能参数进行监测，包括光信号中心波长、光功率和光信噪比（Optical Signal to Noise Ratio，OSNR）。

2. 光线路放大设备 OLA

光线路放大设备放置在中继站上,用来完成双向传输的光信号放大和色散补偿,延伸无电中继的传输距离。

OLA 按功能单元划分为以下几类。

① 光放大单元(OA)。

② Raman 泵浦放大单元(RPU)。

③ 光监控信道处理单元或光监控信道及时钟传送单元(OSC/OTC)。

④ 光监控信号接入单元。

⑤ 色散补偿单元(DCM)。

⑥ 系统控制与通信单元(SCC)。

OLA 设备的组成及信号流框图如图 8.5 所示。

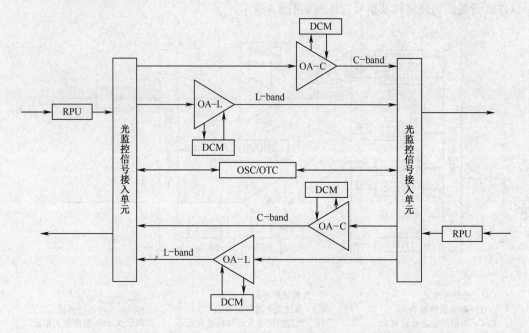

OA-光放大单元　　　　　RPU-Raman 泵浦放大单元　　　　DCM-色散补偿模块
OSC-光监控信道处理单元　　OTC-光监控信道及时钟传送单元

图 8.5　OLA 信号流框图

在接收端,系统可选配 RPU,完成线路光信号的低噪声放大。光监控信号接入单元将线路信号分解为业务合路信号和光监控信号。业务合路信号被掺铒光纤放大单元 OA 放大,同时经过DCM 进行色散补偿。光监控信号被送入 OSC(OTC)进行开销(开销和网络时钟)的处理。

在发送端,经过放大的合路业务信号和 OSC(OTC)处理再生的光监控信号通过光监控信号接入单元合波,注入线路光纤进行传输。

OM、OD、OA 等单元提供光性能监测口,可以接入多通道光谱分析单元 MCA,对多路光信号的性能参数进行监测,包括光信号中心波长、光功率和光信噪比(OSNR)。

3. 光分插复用设备 OADM

光分插复用设备用于分插本地业务通道，其他业务通道穿通。OADM 设备有两种，一种为串行的 OADM，另一种为并行的 OADM。串行的 OADM 采用 MB2/MR2 级联方式构成；并行的 OADM 采用背靠背的 OTM 方式构成。

串行 OADM 按功能单元划分为以下几类。

① 光分插复用单元（OADM）。

② 光波长转换单元（OTU）。

③ 光放大单元（OA）。

④ Raman 泵浦放大单元（RPU）。

⑤ 光监控信道处理单元或光监控信道及时钟传送单元（OSC/OTC）。

⑥ 光监控信号接入单元。

⑦ 色散补偿单元（DCM）。

⑧ 多通道光谱分析单元（MCA）。

⑨ 系统控制与通信单元（SCC）。

⑩ OTU 电源备份单元（PBU）。

串行 OADM 设备的组成及信号流框图如图 8.6 所示。

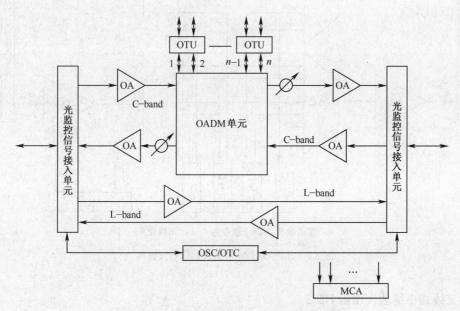

图 8.6　串行 OADM 的组成及信号流框图

图 8.6 中的 OADM 单元，采用 MB2 或 MR2 的级联方式构成，可实现 C 波段全部业务通道的上、下。在接收端，系统可选配 RPU，完成线路光信号的低噪声放大。光监控信号接入单元将线路信号分解为业务合路信号和光监控信号。光监控信号送入 OSC 或 OTC 进行监控信号处理。C 波段业务合路信号经过光放大后在 OADM 单元中进行波长通道的分插，再与本地插入的其他通道合并在一起，进行光功率放大。L 波段业务合路信号也经过 OA 进行光放大。最后 C 波段、L 波段和处理后的光监控通道合波，发送往线路。

并行 OADM 按功能单元划分为以下几类。

① 光波长转换单元（OTU）。

② 光复用单元（OM）。

③ 光解复用单元（OD）。

④ 光放大单元（OA）。

⑤ 光监控信道处理单元或光监控信道及时钟传送单元（OSC/OTC）。

⑥ 光监控信号接入单元。

⑦ 色散补偿单元（DCM）。

⑧ 多通道光谱分析单元（MCA）。

⑨ 系统控制与通信单元（SCC）。

⑩ OTU 电源备份单元（PBU）。

并行 OADM 设备的组成及信号流框图如图 8.7 所示（图中以 40 波为例）。

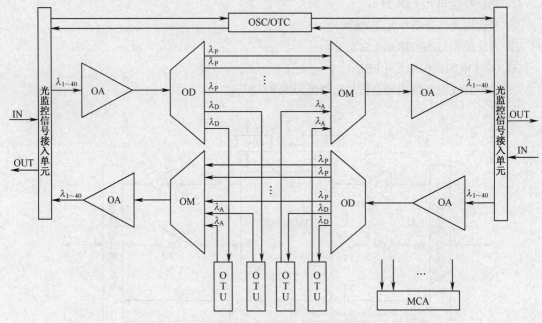

λ_P－穿通波 λ_A－上波业务 λ_D－下波业务

图 8.7 并行 OADM 的组成及信号流框图

4. 光线路中继放大设备 REG

光线路中继放大可以延伸无电中继的光传输距离，当线路延伸距离较长，光中继段的色散、功率、光噪声、非线性效应或 PMD 等影响系统传输性能的某一个或多个因素制约线路继续延伸时，需要进行电中继再生，完成电信号的 3R（整形、再定时和再生）过程，改善信号质量。

REG 按功能单元划分为以下几类。

① 光波长转换单元（OTU）。

② 光复用单元（OM）。

③ 光解复用单元（OD）。

④ 光放大单元（OA）。

⑤ 光监控信道处理单元或光监控信道及时钟传送单元（OSC/OTC）。

⑥ 光监控信号接入单元。

⑦ 多通道光谱分析单元（MCA）。

⑧ 系统控制与通信单元（SCC）。

⑨ OTU 电源备份单元（PBU）。

REG 设备的组成及信号流框图如图 8.8 所示。

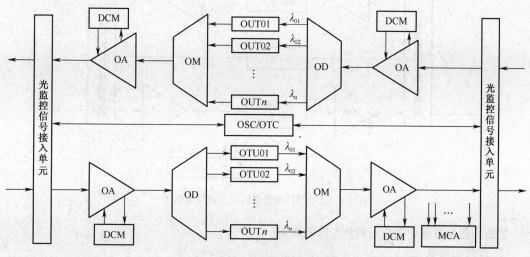

图 8.8　REG 的组成及信号流框图

REG 设备的信号流类似于背靠背的 OTM，只是没有任何信号的上下，中间信号的再生通过中继型光波长转换单元实现。

OM、OD、OA 等单元提供光性能监测口，可以接入多通道光谱分析单元 MCA，对多路光信号的性能参数进行监测，包括光信号中心波长、光功率和光信噪比（OSNR）。

5. 光均衡设备（OEQ）

在超长距离传输（Extra Long Haul，ELH）系统中无电中继传输的距离比长距离传输系统长很多，因此易产生以下问题。

① 光放大器的增益谱和光纤衰减谱的不平坦性的多级累加等原因，导致接收端光功率和信噪比不均衡。

② DCM 的色散斜率和传输光纤不完全匹配，无法对所有波长实现 100% 的补偿，导致接收端部分通道的色散补偿不能满足系统要求。

为了更好地实现光功率均衡和色散均衡补偿，在 ELH 系统中需要使用光均衡设备（OEQ）。光均衡设备包括光功率均衡和色散均衡。

光功率均衡设备按功能单元划分为以下几类。

① 光功率均衡单元。

② 光放大单元（OA）。

③ 光监控信道处理单元或光监控信道及时钟传送单元（OSC/OTC）。

④ 光监控信号接入单元。

⑤ 色散补偿单元（DCM）。

⑥ 多通道光谱分析单元（MCA）。

⑦ 系统控制与通信单元（SCC）。

光功率均衡设备的组成及信号流框图如图 8.9 所示。

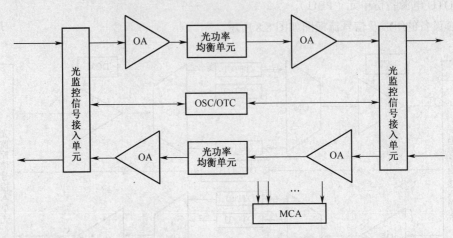

图 8.9　光功率均衡设备的组成信号流框图

色散均衡设备按功能单元划分为以下几类。

① 色散均衡单元。

② 光放大单元（OA）。

③ 光监控信道处理单元或光监控信道及时钟传送单元（OSC/OTC）。

④ 光监控信号接入单元。

⑤ 色散补偿单元（DCM）。

⑥ 多通道光谱分析单元（MCA）。

⑦ 系统控制与通信单元（SCC）。

色散均衡设备的信号流框图如图 8.10 所示。

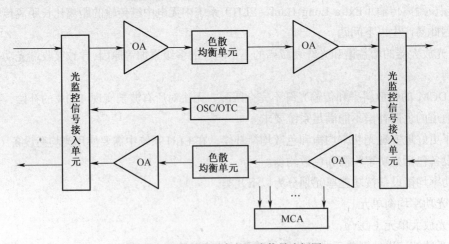

图 8.10　色散均衡设备的组成信号流框图

色散均衡可以和光功率均衡置于同一个 OLA 站点进行。色散均衡单元也经常放置于 OTM 的接收端进行色散均衡，如图 8.11 所示。建议放置在光复用段最末端的 OTM 站。

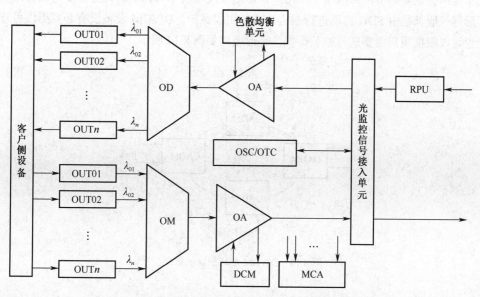

图 8.11　色散均衡设备放置于 OTM 站的信号流框图

8.2.2　WDM 组网

WDM 系统最基本的组网方式为点到点方式、链形组网方式和环形组网方式，由这 3 种方式可组合出其他较复杂的网络形式。

1. 点到点组网

点到点组网的 WDM 系统结构如图 8.12 所示。

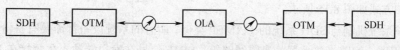

图 8.12　WDM 的点到点组网示意图

2. 链形组网

链形组网的 WDM 系统结构如图 8.13 所示。

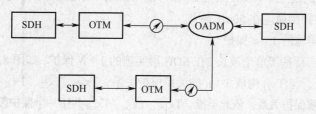

图 8.13　WDM 的链形组网示意图

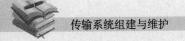

3．环形组网

在本地网特别是都市网的应用中，用户根据需要可以由 DWDM 的光分插复用设备构成环形网。环形网一般都是由 SDH 自己进行通道环或复用段保护，DWDM 设备没有必要提供另外的保护，但也可以根据用户需要进行波长保护。环形组网如图 8.14 所示。

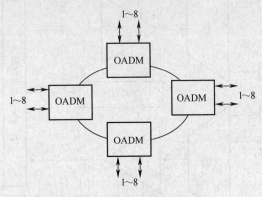

图 8.14　DWDM 的环形网示意图

8.2.3　保护方式

由于 DWDM 系统的负载很大，安全性特别重要。

点到点线路保护主要有两种保护方式：一种是基于单个波长、在 SDH 层实施的 1+1 或 1：N 的保护。另一种是基于光复用段上保护，在光路上同时对合路信号进行保护，这种保护也称光复用段保护 OMSP。另外还有基于环网的保护。

1．基于单个波长的保护

（1）在 SDH 层实施的 1+1 保护

这种保护方式如图 8.15 所示。

这种保护系统机制与 SDH 系统的 1+1MSP 类似，所有的系统设备都需要有备份，SDH 终端、复用器/解复用器、线路光放大器、光缆线路等，SDH 信号在发送端被永久桥接在工作系统和保护系统，在接收端监视从这两个 DWDM 系统收到的 SDH 信号状态，并选择更合适的信号，这种方式的可靠性比较高，但是成本比较高。

在一个 DWDM 系统内，每一个 SDH 通道的倒换与其他通道的倒换没有关系，即 DWDM 系统里的 Tx_1 出现故障倒换至 DWDM 系统 2 时，Tx_2 可继续工作在 DWDM 系统 1 上。一旦监测到启动倒换的条件，保护倒换应在 50ms 完成。

（2）在 SDH 层实施的 1：n 保护

DWDM 系统可实行基于单个波长、在 SDH 层实施的 1：N 保护，如图 8.16 所示，Tx_{11}、Tx_{21}、Tx_{n1} 共用一个保护段，与 Tx_{p1} 构成 1：n 的关系保护关系，Tx_{12}、Tx_{22}、Tx_{n2} 共用一个保持段，与 Tx_{p2} 构成 1：n 的关系保护关系，依此类推，Tx_{1m}、Tx_{2m}、Tx_{nm} 共用一个保护段，与 Tx_{pm} 构成 1：n 的关系保护关系。SDH 复用段保护（MSP）监视和判断接收到的信号状态，并执行来自保护段合适的 SDH 信号的桥接和选择。

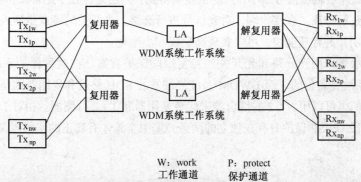

W：work　　　　P：protect
工作通道　　　　保护通道

图 8.15　基于单个波长在 SDH 层实施的 1+1 保护

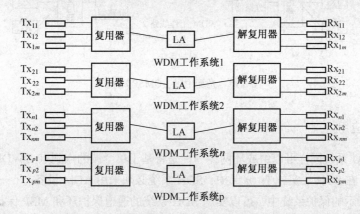

图 8.16　基于单个波长在 SDH 层实施的 1：n 保护

在一个 DWDM 系统内，每一个 SDH 通道的倒换与其他通道的倒换没有关系，即 DWDM 系统 1 里的 Tx$_{11}$ 倒换到 DWDM 保护系统 1 时，Tx$_{12}$、Tx$_{13}$…Tx$_{1m}$ 可继续工作在 DWDM 工作系统 1 上。一旦监测到启动倒换条件，保护倒换应在 50ms 内完成。

（3）同一 DWDM 系统内 1：n 保护

考虑到一条 DWDM 线路可以承载多条 SDH 通路，因而也可以使用同一 DWDM 系统内的空闲波长作为保护通路。

图 8.17 所示为 $n+1$ 路的 DWDM 系统，其中 n 个波长通道作为工作波长，一个波长通路作为保护系统。但是考虑到实际系统中，光纤、光缆的可靠性比设备的可靠性要差，只对系统保护，而不对线路保护实际意义不是太大。

2. 光复用段（OMSP）保护

这种技术只在光路上进行 1+1 保护，而不对终端线路进行保护。在发端和收端分别使用 1：2 光分路器

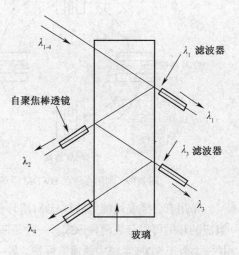

图 8.17　同一 DWDM 系统内 1：n 保护

和 1：2 光分开关，或采用其他手段（如 glowing 状态，指光放大器处于一种低偏置电流，泵浦源工作在低输出情况下，输出信号很小，只能供监测得到，判断是否处于正常工作状态），在发送端对合路的光信号进行分离，在接收端，对光信号进行选路。光开关的特点是插入损耗低，对光纤波长放大区域透明，并且速度快，可以实现高集成和小型化。

图 8.18 所示是采用光分路和光开关的光复用段保护方案。在这种保护系统，只有光缆和 DWDM 的线路系统是备份的，而 DWDM 系统终端站的 SDH 终端和复用器则是没有备用的，在实际系统中，人们也可以用 N：2 的耦合器来代替复用器和 1：2 分路器。相对于 1+1 保护，减少了成本，光复用段 OMSP 保护只有在独立的两条光缆中实施才有真正的实际意义。

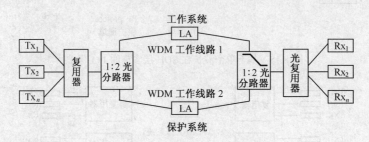

图 8.18　光复用段（OMSP）保护

3．环网的应用

采用 DWDM 系统同样可以组成环网，一种是将基于单个波的点到点 DWDM 系统连成环，如图 8.19 所示。在 SDH 层实施 1：n 保护，SDH 系统必须采用 ADM 设备。

在图 8.20 所示的保护系统中，可以实施 SDH 系统的通道保护环和 MSP 保护环，DWDM 系统只是提供"虚拟"的光纤，每个波长实施的 SDH 层保护与其他波长的保护方式无关，该环可以为 2 纤或 4 纤。

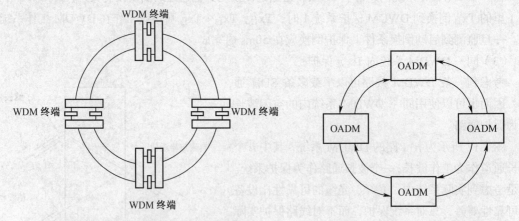

图 8.19　利用点到点 DWDM 系统组成的环　　　图 8.20　利用 OADM 组成的环

采用有分插复用能力的 OADM 组环是 DWDM 技术在环网中应用的另一种形式。现在，OADM 组成的环网可以分成两种形式。一种是基于单个波长保护的波长通道保护，即单个波长的 1+1 保护，类似于 SDH 系统中的通道保护。另一种是线路保护环，对合路波长的信号进行保护，在光纤切断时，可以在断纤临近的 2 个节点完成"环回"功能，从而使所有的业务得到保护，与 SDH

162

的 MSP 相类似。从表现形式上讲，可以分双向线路 2 纤环和单向线路 2 纤环，也可以构成双向线路 4 纤环。在双向 2 纤线路环时，一半波长作为工作波长，另一半作为保护。

8.2.4　WDM 分类

WDM 根据其兼容性分类，可以分为开放式 WDM 系统和集成式 WDM 系统。

集成式系统要求 SDH 终端设备具有满足 G.692 的光接口：标准的光波长、满足长距离传输的光源（又称彩色接口）。这两项指标都是当前 SDH 系统不要求的。把标准的光波长和长受限色散距离的光源集成在 SDH 系统中。整个系统构造比较简单，没有增加多余设备。但在接纳过去的老 SDH 系统时，还必须引入波长转换器 OUT，完成波长的转换，而且要求 SDH 与 WDM 为同一个厂商，在网络管理上很难实现 SDH、WDM 的彻底分开。集成式 WDM 系统如图 8.21 所示。

开放式系统就是在波分复用器前加入 OUT（波长转换器），将 SDH 非规范的波长转换为标准波长，即将当前 SDH 的 G.957 波长接口转换为 G.692 的标准波长接口。开放是指 OUT 对输入端的信号没有要求，可以兼容任意厂家的 SDH 信号。OUT 输出端满足 G.692 的光接口：标准的光波长、满足长距离传输的光源。具有 OUT 的 WDM 系统，不再要求 SDH 系统具有 G.692 接口，可继续使用符合 G.957 接口的 SDH 设备；可以接纳过去的 SDH 系统，实现不同厂家 SDH 系统工作在一个 WDM 系统内。但 OUT 的引入可能对系统性能带来一定的负面影响。开放的 WDM 系统适用于多厂家环境，彻底实现 SDH 与 WDM 分开。

开放式 WDM 系统如图 8.22 所示。由于波长转换器的使用，该系统对信号格式不具有透明性。这种结构的优点有：使用标准的 1.3μm 接口可实现多厂家产品之间的互操作性；对信号的物理损伤没有积累效应；波长可以转变。

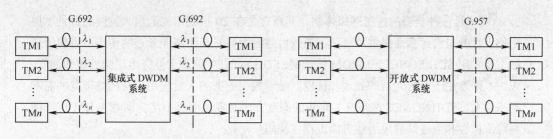

图 8.21　集成式波分复用系统图　　　　　图 8.22　开放式 WDM 系统

运营商可以根据需要选取集成系统或开放系统。在有 SDH 系统多厂商的地区，可以选择开放系统；在新建干线和 SDH 制式较少的地区，可以选择集成系统。但是现在 WDM 系统采用开放系统的情况越来越多。

项目九

OTN 的应用

9.1 OTN 基本原理

9.1.1 OTN 技术背景

OTN 是一种全新的传送网络体制，其概念是在 20 世纪末光通信大发展的背景下提出的，目的是给运营商提供可管理、高效可靠的大容量长距离业务透明传送。目前传送网主要采用 SDH/SONET 和 WDM 传送网，SDH/SONET 偏重于业务电层的处理和调度，WDM 则专注于业务光层的处理和调度。随着数据业务的大量应用，对网络带宽的需求越来越大，SDH/SONET 网络在大颗粒的调度方面呈现出明显不足，同时 WDM 传送网在可维护性和业务调度灵活性方面也存在缺陷。

OTN 技术将 SDH/SONET 的可运营可管理能力应用到 WDM 系统中，同时具备了 SDH/SONET 和 WDM 的优势，并定义了一套完整的体系结构，对于各层网络都有相应的管理监控机制，光层和电层都具有网络生存性机制，可以真正满足运营商所要求的电信级需求。

9.1.2 OTN 标准

OTN 技术体制已有相应的标准体系支撑，如图 9.1 所示。由于 OTN 的主要标准在 2000 年前后制定，目前网络需求从 TDM 转变到分组业务，相关的标准正在修订当中。

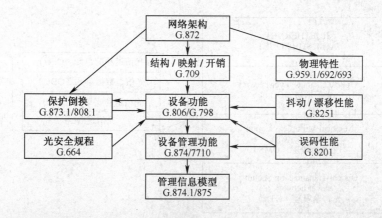

图 9.1 OTN 标准

图 9.1 中，各标准定义的内容如下。

① G.872：定义 3 层网络，包含 OCh、OMS、OTS，并描述了各个层网络的功能，另外，它将 Och 层划分为 3 个子层，包含 OTU、ODU、OPU。

② G.798：规定了 OTN 的每个原子功能模块，各个层网络的处理，包含客户/服务层的适配功能、层网络的终结功能、连接功能。其地位类似于 SDH 体制的 G.783。

③ G.709：定义了 OTN 帧结构以及各个层网络的开销功能，定义了客户业务到 OTN 的映射处理/包含虚级连映射以及 OTN 的复用处理。其地位类似于 SDH 体制中的 G.707。

④ G.7710：通用设备管理功能需求，可适用于 SDH、OTN。

⑤ G.874：OTN 网络管理信息模型和功能需求，基于 7710 描述 OTN 特有的五大管理功能（FCAPS）。

⑥ G.8251：根据 G.709 定义的比特率和帧结构定义了 OTN NNI 的抖动和漂移要求。

⑦ G.8201：定义了 OTN 误码性能。

⑧ G.808.1：通用保护倒换，可适用于 SDH、OTN。

⑨ G.873.1：OTN 领域线性（Linear）ODUk 保护的定义。

OTN 物理层特性在 G.959.1 及 G.664 中规定。另外还有部分建议正在制定中，如 G.808.2（通用保护倒换 ring）、G.873.2（OTN 领域环网 ODUk 保护的定义）。

OTN 系列标准都是在 2000 年左右光通信大发展的时候进行的，当初主要是利用光传输网进行高速率的承载的，由于传输的业务已经从最初的大量的 STM 信号发展到 Ethernet 业务，OTN 标准也在修订当中，现在标准的修改主要集中在以下几个方面。

① 灵活的适应低速的信号的传送，如 FC/GE 等。

② 透明的 10GE-LAN 的传送，如超频等。

③ 更高速的 40GE 和 100GE 的传送。

④ 完善 TCM 去激活、APS 定义、OCh/OMS/OTS 开销定义等。

9.1.3 OTN 体系架构

OTN 分为光层和电层，如图 9.2 所示。

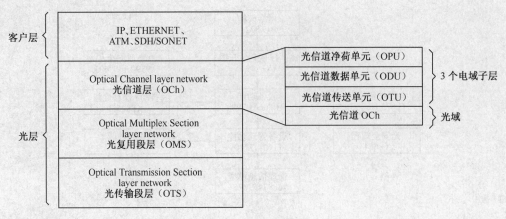

图 9.2　OTN 分层架构

1. 光层

OTN 的光层分为光信道层（OCh）、光复用段层（OMS）和光传输段层（OTS）。

（1）光信道层（OCh layer）

光信道层提供两个光网络节点间端到端的光信道，支持不同格式的用户净荷，提供包括连接、交叉调度、监测、配置、备份和光层保护与恢复等功能。

（2）光复用段层（OMS layer）

光复用段层支持波长的复用，以信道的形式管理每一种信号，提供包括波分复用、复用段保护和恢复等服务功能。

（3）光传输段层（OTS layer）

光传输段层为光信号在不同类型的光介质（G.652、G.653、G.655 光纤等）上提供传输功能，光传输段层用来确保光传输段适配信息的完整性，同时实现光放大器或中继器的检测和控制功能。

2. 电层

OTN 的电层分为 3 个电域子层：光信道净荷单元（OPU）、光信道数据单元（ODU）和光信道传送单元（OTU）。

（1）光信道净荷单元（OPUk）

光信道净荷单元实现客户信号映射进一个固定的帧结构（数字包封）的功能，包括但不限于 STM-N、IP 分组、ATM 信元、以太网帧。

（2）光信道数据单元（ODUk）

提供与信号无关的连通性（TCM-ODUkT），连接保护和监控（Path supervision ODUkP）等功能，这一层也叫数据通道层。

（3）光信道传送单元（OTUk[V]）

提供 FEC、光段层保护和监控功能，这一层也叫数字段层。

9.1.4　接口

OTN 有两类接口，即 IrDI 和 IaDI，如图 9.3 所示。IrDI 接口定位于不同运营商网络之间或同一运营商网络内部不同设备厂商设备之间的互连，具备 3R 功能；而 IaDI 定位于同一运营商或设备商网络内部接口。接口之间的逻辑信息格式由 G.709 定义，光/电物理特性由 G.959.1、G.693 等定义。

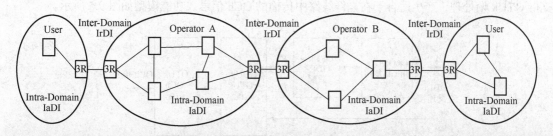

图 9.3　IrDI 和 IaDI 接口

由于 G.709 建议对 OSC 的实现没有作出定义，G.709 中明确 IrDI 接口只实现简化功能的 OTM 即可，即通常运营商、设备商之间 OSC 不互通。

9.2　OTN 设备介绍

9.2.1　OTN 设备形态

OTN 设备形态分为以下两类。

① OTN 终端设备：具有 OTN 接口的 WDM 设备。

② OTN 交叉连接设备：具有 OTN 交叉连接功能的 WDM 设备，此类设备又可根据技术实现不同分为三类：具有 OTN 电交叉设备；具有 OTN 光交叉设备；同时具有 OTN 光交叉和电交叉设备。

9.2.2　OTN 设备功能模块描述

1．接口适配处理功能

业务接入适配接口能够接入各种客户业务，映射到 OPUk 中，适配到电层通道 ODUk 后送交叉连接模块处理，并在此工程中完成 OPU、ODU 层开销字节的处理，功能模型如图 9.4 所示。

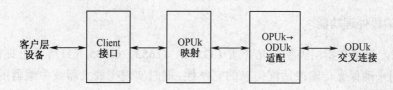

图 9.4　接口适配功能模型

2. 线路接口处理功能

线路接口模块完成从交叉连接模块来的 ODUk 通道信号到 OTUk 线路帧的映射和复用处理，支持 OTUk 帧处理，产生适合于在光纤线路中传输的 OCh 信号，功能模型如图 9.5 所示。

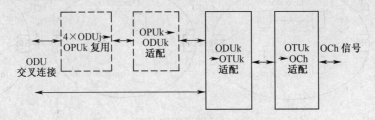

图 9.5　线路接口功能模型

3. 电交叉功能

电交叉连接模块完成业务适配接口、线路接口间的 ODUk 的透明交叉连接、信号质量监控及保护倒换功能，功能模型如图 9.6 所示。

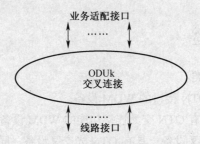

图 9.6　电交叉模块功能模型

4. 光交叉功能

光交叉提供 OCh 交叉功能，现阶段主要通过 OADM/ROADM 提供波长的上发下发，完全交叉应有 PXC 支持。

5. 光复用段处理功能

光复用支持波长的复用，以信道的形式管理每一种信号，提供包括波分复用、复用段保护和恢复等服务功能。

6. 光传输段处理功能

光传输为光信号在不同类型的光介质（G.652、G.653、G.655 光纤等）上提供传输功能，光传输段层用来确保光传输段适配信息的完整性，同时实现光放大器或中继器的检测和控制功能。

9.3 OTN 组网

9.3.1 OTN 的网络拓扑

网络的拓扑结构包括两方面的内容：逻辑拓扑和物理拓扑。网络的逻辑拓扑描述的是信息流在网络中流通的路径，网络的物理拓扑描述的是节点及连接节点的光纤介质的实际分布及连接方式。

1．网络的逻辑拓扑

OTN 网络的逻辑拓扑可分为双环和雏菊链两种。

OTN 网络的首选逻辑拓扑是双环结构，因为这种拓扑结构提供了在故障情况下更好的系统恢复能力。当 OTN 网络设置为双环结构时，系统的光纤环路是闭合的，一旦闭合的光纤环路在某种情况下出现开路状态，如光纤破损或光纤连接头松脱，系统会立即采取回环的方式对此事件作出反应，使信息流避开故障点，并就故障信息自动向系统提交报告。

双环路的逻辑拓扑能保证高质量的服务，可为用户提供高度可靠、高度有效的网络。采用双环路逻辑拓扑的系统拥有良好的故障回避机制，该机制的运作将在后续篇章中介绍。

2．网络的物理拓扑结构

一种形式的逻辑拓扑结构能够由多种形式的物理拓扑结构来实现，如点对点型、星形、环形及总线型等。这些拓扑结构是简单的，它们遵循标准的安装惯例，并且可以根据需要灵活地搭配使用。

采取何种形式的物理拓扑结构由整个网络的实用性及所需成本决定。以下分别介绍 4 种物理拓扑结构。

（1）物理的星形拓扑结构

物理的星形拓扑结构是非常象形的，以中心节点为中心，其他节点用电/光缆以放射状与中心节点相连，在中心节点处常常会配置一个光配线架，在这个光配线架上，任一节点的接收光纤总是连接到另一节点的发送光纤。这种拓扑结构允许用户使用已有的电缆、电缆盘、电缆管道。但是，与环形的拓扑结构相比较，星形的拓扑结构需要更多的设备来安装，由此带来更高的成本，而且它受地理环境的影响较大。

（2）物理的环形拓扑结构

物理的环形拓扑结构的安装所需电缆较物理的星形拓扑结构要少。同时，采用双环路结构的环型网络在故障发生时会自动地在两个环路中选择路由完整的路径传送信息流。环形网应用较广泛，如校园网、铁路、机场等。

（3）物理的点对点型拓扑结构

当物理的点对点型拓扑结构采用两个环路连接，并且其中任一环路是作为备用环路存在时，这种拓扑结构具有与物理的环形拓扑结构相同的容错能力。

（4）物理的雏菊链形拓扑结构或总线型拓扑结构

采用物理的雏菊链形拓扑结构或总线型拓扑结构的网络对于光纤破损等光开路情况不具备

自动路由能力，当光纤破损等光开路情况发生时，可采用光旁路的方式应对。这样，故障节点（如由节点电源故障、系统自检时发生内部故障引致）在网络中按旁路处理。当网络采用物理的雏菊链形拓扑结构或总线型拓扑结构时，为确保旁路情况下系统信息的正常传送，在光开销预算时要以 3 个连续的节点为一组考虑。采用物理的雏菊链形拓扑结构或总线型拓扑结构组网会受地理条件的限制。而且，由于必须在网络中配置光旁路开关，用户不得不采用较昂贵的光学收发器装置。

3．网络的拓扑结构及设置之间的关系

网络的拓扑结构对最终的网络配置有着决定性的影响。如果在较短的距离内使用了较多的连接器（如物理星形网络），或使用了损耗较大的连接器，相应的系统要求配置较大功率的光收发器，以确保系统信息的正常传送。

网络的拓扑结构还决定了是否需在系统中配置光旁路开关以确保系统有较强的容错能力。

9.3.2　节点间连接模式

OTN 系统每两个节点间都由两条光纤链路连接，这些光纤链路在整体上构成了两个反向循环的环路，如图 9.7 所示。前面已提到过，OTN 网络是由多个以光导纤维连接的节点构成的，因此，节点的连接模式决定了网络的运作模式。OTN 网络的连接模式有环路连接模式和链路连接模式。由于 OTN 节点间的连接是通过收发器模块实现的，因此节点间的连接模式由收发器模块的连接模式决定。

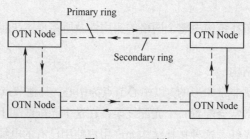

图 9.7　OTN 环路

1．环路连接模式

当收发器模块使用环路连接模式连接时，每一个收发器模块分别与前一节点和后一节点进行通信。

2．链路连接模式

当收发器模块使用链路连接模式连接时，则一个收发器模块负责与前一节点进行通信，而另一个光/电收发器模块负责与后一节点进行通信，如图 9.8 所示。

链路连接模式具有以下优越性。

（1）可在同一节点中针对不同的连接距离而采用不同的波长

使用不同波长的光收发器模块可安装在同一节点中。这样，针对不同的连接距离而采用不同的波长进行连接成为可能。例如，在短距离连接中使用 850nm 的光收发器模块，而长距离连接中使用 1 300nm 的低衰减光收发器模块。

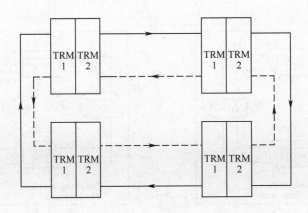

图 9.8　链路连接模式

（2）可在同一节点中针对不同的连接距离而采用不同的收发器模块

使用链路连接模式的另一个好处在于可在同一节点中针对不同的连接距离而采用不同的收发器模块。例如，在长距离的连接中可使用光收发器模块，在短距离的连接中可使用电收发器模块。

9.3.3　OTN 系统的故障回避机制

OTN 系统使用双环路、两根光纤并行分布的方式运作，结合每一节点自身的控制逻辑，使整个系统具备独特的"热备份"自愈能力。当故障发生时，由于系统可以自动重新配置信息传送路径，所以系统仍然可以正常工作。

通过探测光信号丢失或同步信号丢失，节点可以立即监测到网络中存在的故障。每个节点都能自主决定把来自一个环路的输入信道与另一个环路的输出信道连接起来，构成节点内的回环，这样在系统中就形成了新的逻辑环路，在这个新的逻辑环路中，信息的传输会两次经过大多数节点。

环路的另一种可能情况是，所有的节点都自主决定将正在传输的数据信息切换到另一个环路上进行运作。环路的运作机制能够确保所有的节点同时将正在传输的信息都切换到另一个环路上运作，或者网络中的两个节点在同一时刻执行回环操作，使网络的闭合传输环路形成，从而确保系统数据信息的传输。

系统中每一个节点在网络的重新配置过程中都具有独立的自主权，采取何种方式重新组网由节点自身的工作状态以及节点接收到的网络工作状态决定。在网络进行重新配置的过程中，网络管理系统是否存在不会对此造成任何影响。但是，网络管理系统能够从系统中得到最详细的故障信息并生成相应的故障报文。在网络管理系统上的系统网络图上，故障和错误部分均会以不同的颜色标示出来。

以下分别介绍各种故障情况下 OTN 系统的故障回避方式。

171

1．备用环路故障

当备用环路发生故障时，OTN 系统不受影响，照常运作，如图 9.9 所示。

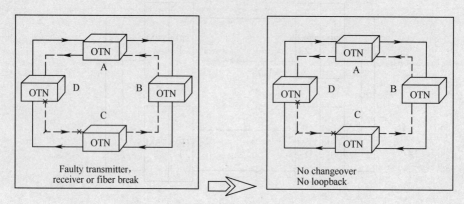

图 9.9　备用环路故障

2．主用环路故障

当主用环路发生故障时，OTN 系统自动将信息转到备用环路上传送，如图 9.10 所示。

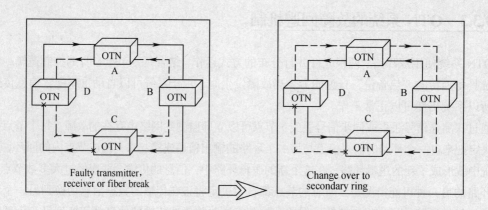

图 9.10　主用环路故障

3．主、备用环路同时故障

当主、备用环路同时发生故障时，OTN 系统会在链路两端的节点处进行回环操作。系统的数据传输不会因此而受影响，如图 9.11 所示。

4．节点故障

当某一节点发生故障时，故障节点两端的节点会自动执行回环操作。除故障节点的信息传送受影响外，网络其他部分照常工作，如图 9.12 所示。

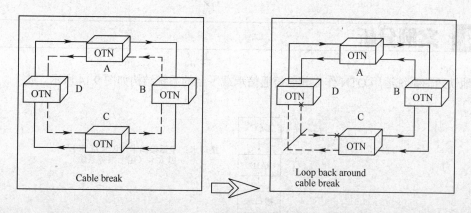

图 9.11　主、备用环路同时故障

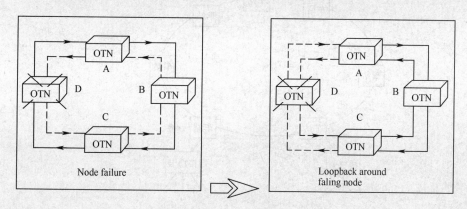

图 9.12　节点故障

5．网络中多处故障

当网络中有多处同时发生故障时，如图 9.13 所示，网络在故障回避机制的作用下分裂成两个子网。各子网内部节点间的信息可正常传送，但子网间的信息传送被中断。

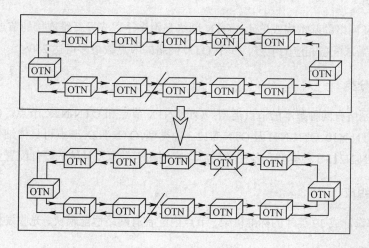

图 9.13　网络中多点故障

9.4 案例分析

某地铁通信系统运用 OTN 作为其通信通信承载平台的系统结构如图 9.14 所示。

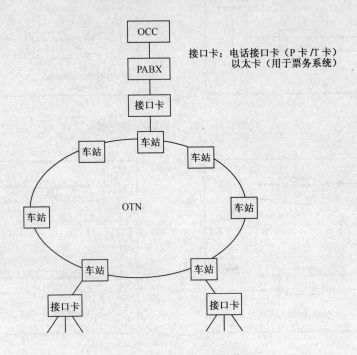

接口卡：电话接口卡（P 卡 /T 卡）
以太卡（用于票务系统）

图 9.14 某地铁通信系统结构

9.4.1 节点配置

1. 节点简介

节点是 OTN 网络的基本构成单元，OTN 网络是由多个以光导纤维连接的节点构成的。各站点根据实际用户需求配备相应的节点，一个 OTN 网络的节点数最多可达 250 个。

2. 节点的分类

目前 OTN 网络有两种基本的节点类型：OTN-N1X 节点和 OTN-N2X 节点。OTN-N1X 节点可具体细分为 OTN-N10、OTN-N11 及 OTN-N12 3 种类型；OTN-N2X 节点可具体细分为 OTN-N20、OTN-N22 及 OTN-N215 3 种类型。各种类型节点区别在于带宽及具体的硬件配置上。

3. 节点的组成

每一节点都设计成 19 英寸的标准机架，节点内配备有网络适配模块、光收发模块、用户接口模块及电源模块。

9.4.2 用户接口模块

应用于地铁系统的接口模块类型包括以下几类。

① 2Mbit/s 电话中继模块/E1 电话中继模块：PABX 程控交换系统。

② 12LVOI-P/T 电话接口模块：PABX 程控交换系统。

③ RS422 接口模块/RSXMM 接口模块：SCADA 电力监控系统、ATS 机车自动监管系统、CLOCK 时钟系统、PA 广播系统、RADIO 无线系统、SIG 信号系统、PABX 程控交换系统。

④ RS485 接口模块：NMS 网络管理系统。

⑤ ET 网络接口模块：BAS 环控系统、AFC 自动售检票系统、RADIO 无线系统、ATS 机车自动监管系统、OA 办公管理系统。

⑥ HQAUD-M/S 高品质语音接口模块：PA 广播系统。

⑦ 4WVOI-S 四线语音模块：RADIO 无线系统。

9.4.3 网络管理系统

OTN 网络提供了功能强大的网络管理软件，早期的网络管理软件是基于 DOS 6.22 操作平台的 NCC（Network Control Center），现在普遍采用基于 Windows 2000 操作平台的 OMS（OTN Management System）。

通过 OMS，维护人员可实现以下任务。

（1）数据库管理

数据库的管理包括数据库的备份及数据库的恢复。

数据库的备份有 4 种可选方式：自动备份、使用 Oconfig-tool 备份、通过脚本编辑备份及人工备份。

数据库的恢复功能是当现有网络数据信息在意外情况下损坏时，使用事先备份的数据库将网络数据信息恢复，该项功能只提供人工操作。

（2）网络的配置管理

网络的配置管理包括分级查看、网络管理、子网管理、节点管理、链路管理、网络适配模块管理、收发模块管理、用户接口模块管理、用户接口模块子模块管理、网关模块管理、辅助模块管理、电源管理及端口管理。

（3）网络的事件及告警记录

OMS 会记录一定数量的网络事件及告警信息，并发送到客户机。

（4）网络的监测

在 OMS 正常工作状态下，会详细记录网络中的告警事件，包括告警时间、告警所在的网络、告警所在的具体位置、告警的简介及告警等级。

（5）脚本编辑

OMS 提供了脚本编辑功能，该功能仅对 OMS 技术支持工程师开放，所有在 OMS 图形界面内实现的功能都可通过脚本编辑实现。

项目十
微波系统的应用

10.1 微波通信

10.1.1 微波技术发展概述

1. 微波发展简史

微波的发展与无线通信的发展是分不开的。1901 年，马克尼使用 800kHz 中波信号进行了从英国到北美纽芬兰的世界上第一次横跨大西洋的无线电波的通信试验，开创了人类无线通信的新纪元。无线通信初期，人们使用长波及中波来通信。20 世纪 20 年代初人们发现了短波通信，直到 20 世纪 60 年代卫星通信的兴起，微波一直是国际远距离通信的主要手段，并且对目前的应急和军事通信仍然很重要。

2. 微波的特点

微波的特点如下。

① 在研究微波问题时，应使用电磁场的概念，许多高频交变电磁场的效应不能忽略。

② 微波传播时是直线传播，遇到金属表面将发生反射，其反射方向符合光的反射规律。

③ 微波的频率很高，穿透力强，因此其辐射效应明显。它意味着微波在普通的导线上传输时，伴随着能量不断地向周围空间辐射，波动传输将很快地衰减，所以对传输元器件有特殊要求。

④ 当入射波与反射波相遇叠加时能形成波的干涉现象，其中包括驻波现象。

⑤ 微波能量的空间分布同一般电磁场能量一样，具有空间分布性质。哪里存在电磁场，哪里就存在能量。

3. 微波传输的特点

微波传输具有以下特点。

① 微波波长很短，沿直线传播，在视距范围内即架即通。

② 投资少，建设周期短，灵活性大，一套微波设备可以在不同时间用于多处临时业务，不用长期占用，使资源闲置。

③ 维护方便，设备简单易操作，且可通过网管远程维护，设备有故障时，更换简便。

④ 通信质量稳定可靠，抗干扰能力强。

⑤ 设备体积小，功耗低。由于微波天线方向性好，电磁波能量利用率高。

10.1.2　微波传输分类

1. 传统视距微波传输

微波通信不需要固体介质，由于微波的频率极高，波长很短，其在空中的传播特性与光波相近，即沿直线传播，遇到阻挡就被反射或被阻断，因此微波通信的主要方式是视距通信。要求空间无阻挡，即两点间直线距离内无障碍物。如超过视距，需要长途地面通信，则采用"接力"的方式，每隔 50km 左右设置中继站将信号多次转发，如图 10.1 所示。

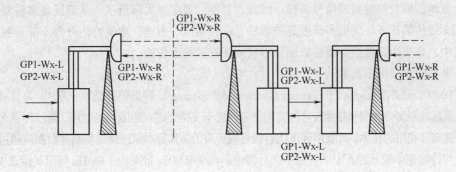

图 10.1　微波接力原理图

长距离微波通信干线可以经过几十次中继而传至数千千米仍保持很高的通信质量。微波通信可用于各种电信业务的传送，如电话、电报、数据、传真以及彩色电视等均可通过微波电路传输。但是，微波经空中传送，易受干扰，在同一微波电路上不能使用相同频率于同一方向，因此微波电路必须在无线电管理部门的严格管理之下进行建设。

（1）数字视距微波常用技术

随着无线电通信事业的飞速发展，频谱资源的日益紧张，数字调制技术的研究，主要是如何充分地节省频谱和高效率地利用可用频带。选择调制方式时，通常应考虑几个因素：带宽的利用率、高斯噪声下误码率性能、各种不完善情况对误码率的影响、经济性等。通过上述分析，我们发现微波传输所需带宽主要取决于所采用的调制方式。

① 移相键控（Phase Shift Keying，PSK）。用基带数字信号控制载波的相位称为移相键控。在恒参信道条件下，移相键控与移幅键控（ASK）和频移键控（FSK）相比，具有较高的抗噪声

干扰性能，且能有效地利用所给定的信道频带。即使在有多径衰落的信道中也有较好的结果，所以PSK是一种较好的调制方式。常用的有 BPSK、QPSK、8PSK。相位分得越多，频谱利用率越高，传输速率越高，但相邻载波间的相位差越小，在接收端对鉴相器的要求越高，将使误码率增加。

② 正交调幅（Quadrature Amplitude Modulation，QAM）。QAM 既调幅又调相，在频谱利用率要求较高的情况下，常采用多电平 QAM 调制方式，如大容量 155Mbit/s，采用 64QAM 或 128QAM 调制等。多进制调相（16PSK）的已调波包络是等幅恒定的，换言之，即其已调波矢量的端点都在同一个圆上；而多电平 QAM 调制（16QAM），其已调波的矢量端点不在同一个圆上，故称其既调幅又调相；且各矢量点间的距离比 16PSK 远（相当于相邻间相位差大），这便于收端解调信号，因此误码率低。

（2）总结

对于中、小容量（小于 34Mbit/s）数字微波，可选择 BPSK（小容量）、QPSK、4QAM、4FSK等调制方式的微波设备，可供选择的频段有 1.5GHz（一点多址）、8GHz、13GHz、14GHz、15GHz、23GHz 等。对于大容量数字微波，如 140Mbit/s（PDH）、$N \times 155$Mbit/s（SDH），为了提高频率利用率，最好应选择 64QAM、128QAM 调制方式，可供选择的频段有 4GHz、5GHz、6GHz、7GHz、8GHz、11GHz、18GHz 等。

2．非视距微波传输

（1）非视距传播（No Light of Sight，NLOS）

与传统的视距微波相比，非视距微波传输具有颠覆性的改变。它可以在空间有障碍物阻挡的情况下，依然能够较好地实现信号传输。因此，对空间要求大大降低了，从而满足多种复杂空间环境下的无线传输任务。凭借多载波等技术特点，在城区、山地、建筑物内外等不能通视及有阻挡的环境中，非视距微波设备能够以高概率实现图像的稳定传输。

（2）非视距微波常用技术

COFDM（Coded Orthogonal Frequency Division Multiplexing），即编码正交频分复用，是目前世界上最先进和最具发展潜力的调制技术。它的实用价值就在于支持突破视距限制的应用，是一种在无线电频谱资源方面充分利用的技术，对噪声和干扰有很好的免疫力。其基本原理就是将高速数据流通过串并转换，分配到传输速率较低的若干子信道中进行传输。在 7.61MHz 带宽内（8MHz 频道）传送 1 705 或6 817 个载波。使用多重载波并采用正交形式，这些载波可以用 QPSK、16QAM 或 64QAM 调制。

10.1.3　影响微波传输的因素

1．扩散损耗

微波在空间只能直线传播，由于频率很高电波沿地面传播时衰减很大，遇到障碍时绕射能力很弱，电波在自由空间传播时，其能量向空间扩散而衰耗。因为电波由天线辐射后向周围空间传播。到达接收点的能量仅是一小部分，这是由于无线电波在自由空间中传播时波阵面处能量的三角扩散而产生的。显而易见，自由空间中无线电信号有损耗，距离越远的地方，单位面积接收到的能量也越少。上面所说的这种电波扩散衰耗就称为自由空间传播损耗。当距离 d 以 km 为单位，频率 f 以 GHz 为单位时传播损耗为

$$LS \text{ (dB)} = 92.4 + 20\lg d + 20\lg f$$

式中，d 为收发天线的距离，f 为工作频率。

2. 衰落损耗

通过空间大气、电离层等媒介的吸收、色散造成的衰落叫做衰落损耗。衰落损耗和气候、地形、站距等多种因素有关，有以下几种情况。

① 微波路径在通过障碍物的地方发生绕射。绕射刃形障碍物时，将产生约 6dB 的损耗；当经过地表面和水面时，产生的损耗会更大。

② 传播路径中若遇到小山和高大建筑物的遮挡，在阴影区，信号衰减显著。若遇有树林遮挡，尤其是树叶时更为严重，一般会使信号衰减 12dB ~ 15dB。

③ 下雨衰减、下雪衰减（合称为雨衰），每小时 5cm 左右的雪以及很大的降雨将引起小于 0.015dB/km 的衰减；而对于工作在高频段的微波，雨衰将产生较大的影响。

10.1.4 微波传输系统组成

1. 微波系统

微波系统的组成如图 10.2 所示。

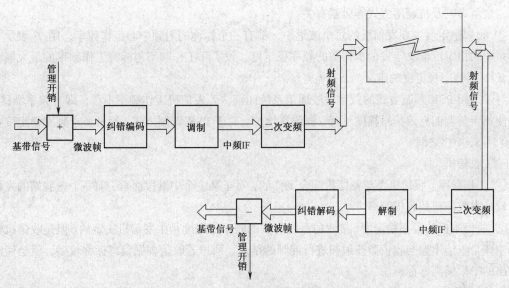

图 10.2 微波系统的组成框图

2. 微波系统设备概述

（1）发信机

发信机包括中频放大器、混频器、单向器、滤波器、功率放大器等。由调制机或收信机送来的中频已调信号经发信机的中频放大器放大后，送到发信混频器，经发信混频，将中频已调信号变为微波已调信号。由单向器和滤波器取出混频后的一个边带（上边带或下边带），由功率放大器把微波已调信号放大到额定电平，经分路滤波器送往天线。

（2）收信机

数字微波的收信设备和解调设备组成了收信系统，也就是收信机。这里所讲的收信设备只包括射频和中频两部分。目前收信设备都采用外插式收信方案，而解调设备是从中频输出中解调出数字基带信号。

（3）微波天线

现广泛应用的微波天线是卡塞格伦天线，它是一种具有双反射器的天线系统，由初级辐射器、双曲面副反射器和抛物形反射面 3 部分组成。在微波通信系统中也有采用喇叭抛物面天线的。它是将大口径圆形抛物面天线截割一部分而构成，其中激励部分由角锥喇叭一直延伸到反射面附近，并与反射面构成一个整体。天线互易原理是指同一天线在用于发信或用于收信时具有相同的特性。

3. 微波系统设备性能指标

（1）发信机

① 工作频段。从无线电频谱的划分来看，可以把频率为 0.3 ~ 300GHz 的射频称为微波频率，而目前通常使用的微波频率范围只有 1 ~ 40GHz。当然，系统工作频率越高，越能获得较宽的通频带和较大的通信容量，也可以得到更尖锐的天线方向性和天线增益。但是，当频率较高时，雨、雾及水蒸气对电波的散射或吸收衰耗增加，造成电波衰落和接收信号电平下降，这些影响对 12GHz 以上的频段尤为明显。

② 输出功率。输出功率是指发信机输出端口处功率的大小。输出功率的确定与设备的用途、站距、衰落影响及抗衰落方式等因素有关。

③ 频率稳定度。在发信机的每个波道中，都有一个标称的射频中心工作频率，用 f_0 表示，工作频率的稳定度取决于发信本振源的频率稳定度。设实际工作频率与标称工作频率的最大偏差值为 Δf，则频率稳定度的定义为 $\Delta f / f_0$。

对于采用 PSK 调制方式的数字微波通信系统而言，若发信机工作频率不稳，即有频率漂移，这将使相干解调的有效信号幅度下降，误码率增加。对于 PSK 调制方式，通常要求频率稳定度在 $1 \times 10^{-5} \sim 5 \times 10^{-6}$ 之间。

（2）收信机

① 工作频率。收信机是与发信机配合工作的，对于某一个中继段而言，前一个微波站的发信频率就是本收信机的收信频率。

② 收信本振的频率稳定度。接收的微波射频的频率稳定度是由发信机决定的。但是收信机输出的中频是收信本振与收信微波射频进行混频的结果，所以若收信本振偏离标称较多，就会使混频输出的中频偏离标称值。

③ 噪声系数。数字微波收信机的噪声系数一般为 3.5dB ~ 7dB，比模拟微波收信机的噪声系数小 5dB 左右。噪声系数是衡量收信机热噪声性能的一项指标。

④ 通频带。收信机接收的已调波是一个频带信号，即已调波频谱的主要成分要占有一定的带宽。收信机要使这个频带信号无失真地通过，就要具有足够的工作频带宽度，这就是通频带。

⑤ 选择性。对某个波道的收信机而言，要求它只接受本信道的信号，对邻近信道的干扰、镜像频率干扰及本信道的收、发干扰等要有足够大的抑制能力，这就是收信机的选择性。

⑥ 收信机的最大增益。天线收到的微波信号经馈线和分路系统到达收信机。由于受衰落的影响，收信机的输入电平在随时变动。要维持解调机正常工作，收信机的主中放输出应达到所要求的电平，例如要求主中放在 75Ω 负载在输出 250mV（相当于-0.8dBm）。但是收信机的输入端信号是很微弱的，假设其门限电平为-80dBm，则此时收信机输出与输入的电平差就是收信机的最大

增益。对于上面给出的数据，其最大增益为 79.2dB。

⑦ 自动增益控制范围。以自由空间传播条件下的收信电平为基准，当收信电平高于基准电平时，称为上衰落；低于基准电平时，称为下衰落。假定数字微波通信的上衰落为+5dB，下衰落为-40dB，其动态范围（即收信机输入电平变化范围）为 45dB。当收信电平变化时，若仍要求收信机的额定输出电平不变，就应在收信机的中频放大器内设置自动增益控制（AGC）电路，使之当收信电平下降时，中放增益随之增大；收信电平增大时，中放增益随之减小。

（3）微波天线

① 天线增益。它是指天线将发射功率往某一指定方向集中辐射的能力，从接收天线角度看，也可理解为天线收取某一指定方向来的电磁波的能力。

② 主瓣宽度。它是指能量较集中的扇形面积。一般主瓣张角要求为 1°～2°。

③ 反射系数。天线与馈线应匹配良好，要求天线反射系数小于 2%～4%。

④ 反向防卫度。天线在主方向上的辐射功率（或接收功率）与反方向上辐射功率（或接收功率）之比称为反向防卫度。

⑤ 交叉极化去耦。在采用双极化的微波天线中，由于天线本身结构的不均匀性及不对称，不同极化波（即垂直极化波和水平极化波）可在天线中互相耦合、互为干扰，因此要求具有良好的交叉极化去耦能力，在天线主瓣宽度内增益大于 30dB。

10.2　微波传输的应用

微波通信是一种利用微波无线传输信息的通信手段，它与光缆通信和卫星通信并列为现代通信传输的三大支柱。在中等容量的网络中，微波传输是一种最灵活、适应性最强的通信手段。微波产品近年在全球市场需求呈稳定增长态势，尤其在移动网络、专网和宽带数据网络上有稳定的需求。

10.2.1　微波传输在移动网络中的应用

1. 无线传输在移动网络的地位

微波通信作为一种快速的通信手段，在移动网络中扮演者不可或缺的角色。无论是在移动接入网络中，还是在移动城域网络和核心网络中，随处都可以看到微波设备的身影。尤其在应急通信中，微波更是一个不可替代的手段。

① 在移动接入网络中，随着网络不断扩容和无缝覆盖的需求，大量地使用了微波设备以缓解传输网络资源不足的压力。另一方面，提高了整个网络工程进度，降低了整个网络投资。如城域内的"楼宇室内覆盖"，边远地区的"边际网覆盖"。

② 在移动城域网络和核心网络中，同样大量使用了微波设备作为城域汇聚业务的应用，解决城区内铺设有线资源困难的问题，以及作为城域光网络的环路闭合和重要链路的备份。

③ 应急通信或临时通信需求，如移动应急通信车等。

2. 移动网络无线传输整体解决方案

移动网络中，微波技术是一种主要应用手段，约 60% 的微波业务市场集中在这里。在城市和城郊，由于移动网络的不断扩容，新建大量的移动基站，而且对基站接入容量的需求也在不断增大，因此产生了大量无线传输的需求。另一方面，由于使用密度高且微波频率资源紧张，微波频率复用率很高，在这里可以采用短距的微波，如图 10.3 所示。

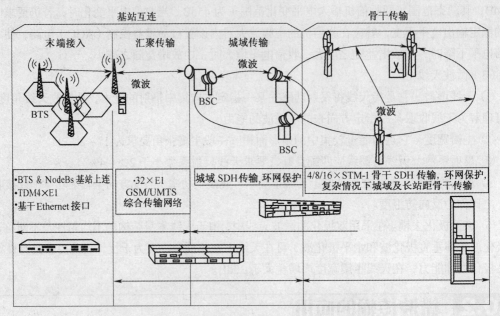

图 10.3　微波传输在移动网络中的应用

在移动网络的末端接入和汇聚传输侧，点对点微波适用于基站控制器（BSC）和基站（BTS）之间的互连，可以采用星形或者链形网络拓扑结构。当 BTS 或 Node B 网络配置确定之后，微波设备因其灵活的容量和调制方式可调，可以迅速解决这种新增的基站互连的需求，满足不同站点容量的需求。

10.2.2　某地区 SDH 微波传输

某沿海城市拥有诸多岛屿，这些岛屿上的移动通信问题成为提高移动网络覆盖率的重要任务。该项目采用全室内型 SDH 微波建设骨干传输网络，解决海岛通信。SDH 微波作为各海岛移动基站的中继链路，并通过与光传输系统的连接，组成完整的传输网络，如图 10.4 所示。

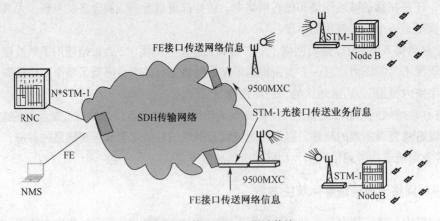

图 10.4　某地区 SDH 微波传输

附录一 中心传输局房传输设备维护管理要求

一、中心传输局房日常维护及测试管理

1．机房设备的运行情况检查和测试

传输设备性能	检查重点及检查办法
A．设备及附件（公务电话能打通、防静电手镯等）完好	设备完好，附件（公务及手镯）完好。如设备、公务电话处于返修状态或非本分公司原因故障可不扣分（分公司需提供相应故障记录及相关部件返修状态证明文件）
B．电缆、光纤及尾纤布放合理	走线无安全隐患
C．定期召开月度质量分析会议	按月召开月度质量分析会议，内容：每月有月质量分析会议记录，记录中对本月作业计划执行、安全隐患解决情况进行总结，并对月运行情况分析
D．按月对设备及系统运行情况进行分析并有相应总结	定期对当月的网络运行情况进行全面分析，对存在的问题及安全隐患进行重点分析
E．各种设备要有标识，标识准确、齐全	完成标准化的局房按照标准化要求，未完成标准化的局房按维护规程要求。标识准确性要与相关基础技术资料记录核对
F．设备的熔丝、空开要有标识与电源系统标识一致	
G．各线路板对应光方向标识明确	
H．DDF 标识齐全、准确，需用计算机打印（一个机房允许有 5 个以下临时手写标识）	
I．ODF 标识齐全、准确，需用计算机打印（一个机房允许有 5 个以下临时手写标识）	

1

续表

网管运行状态（10分）	检查重点及检查办法
A. 网管系统运行正常	检查是否有无关软件
B. 业务配置管理	检查电路台账资料，抽查2条业务与使用的资料是否相符
C. 无不确定告警	检查网管告警
D. 对已有网管告警（有效），是否能够提出解决办法，及时消除	检查网管告警
E. 网管用户设置合理	每个维护人员设置用户名，用户等级设置合理
F. 检查网管声光告警	检查音箱音量，进行告警测试；检查是否设置为屏保

（上表左侧有编号 **2**）

2．日常故障管理

	检查重点及检查办法
A. 每次故障原始记录内容详细，包括故障发生时间、故障现象、处理过程、处理人员、处理结果、障碍历时、原因分析和主管人员签字等，数据与上报总部数据一致	有记录，记录内容详细、准确，要按照维护规程和总部相关要求，一干故障记录应与总部提供数据相比较，要求内容一致
B. 要求有详细的故障处理管理办法，要求故障处理流程应对整个故障的发现、判断、报告、记录等各项内容进行详细描述，并对各类故障的具体处理有详细的要求	

二、中心传输局房资料和数据管理

检查项目	检查重点及检查办法
1. 技术资料是日常维护和障碍处理的重要参考，各长途机房应派专人管理技术资料，建立档案，借阅时填写记录	检查相关技术资料档案及借阅记录，是否有专人负责，负责人对资料档案情况应熟悉
2. 技术资料应包括以下内容	
A. 传输网络拓扑结构图	机房有图纸，更新及时
B. 传输系统描述表（技术资料、台账）	机房有记录，更新及时
C. 传输电路开通记录	机房有记录，更新及时
D. 电路台账、ODF台账	可抽查3~8个电路或光纤使用情况与实际是否相符
E. 各种技术支持、抢修及维护联络表	机房有记录，更新及时
F. 值班日志不漏记，设备故障及告警要有记录及处理记录	有值班记录本，内容符合维护规程要求
G. 工程竣工资料	有资料，资料相对齐全，要上柜
3. 数据备份工作符合制作周期、保存周期要求。备份带（盘）的存放要求分类保存	周期，存放要求要满足
4. 备份带（盘）表面应清楚标示出备份文件的名称、内容、制作时间和制作人并与记录内容相符	检查备份带标识

三、维护作业计划管理

检查项目	检查重点及检查办法
A. 应有省分公司统一下发的作业计划，相关内容应完整、齐全，并有制定人、主管人员签字	有作业计划，作业计划项目及周期应符合相关要求（一干符合总部制定的作业计划，二干本地网最低符合维护规程要求）
B. 月度维护作业计划制订及进度控制	根据《年度维护作业计划》及实际情况每月制订有《月度维护作业计划》，并由部门领导审核签字
C. 要按时执行按时完成，执行记录应包括执行人、执行情况、执行结果和审核人员签字	作业计划执行符合要求，记录详细
D. 结合维护作业计划检查保护倒换测试情况	检查环路保护倒换及主备板保护倒换测试情况或倒换作业计划安排
E. 检查网络越限性能事件的记录及分析情况	越限性能事件有分析，有处理，未处理的性能事件有整改计划
F. 检查保护通道测试	根据维护作业计划要求周期抽查保护通道的测试记录，15 分钟误码测试应符合正常使用要求，要与近期测试结果相符
G. 检查中心局房网管、设备巡视记录	重点检查对网管和设备的定期巡检记录
H. 设备声光告警功能正常	检查设备及设备机架告警功能，并与维护作业计划执行记录核对（设备不具备声光告警功能不扣分）
I. 2Mbit/s 电路 15 分钟测试，按照维护作业计划有记录	一干按照总部下发作业计划及记录内容要求，二干和本地网按省份作业计划内容及要求

四、中心传输局房设备管理

检查项目	检查重点及检查办法
A. 对设备进行逐类逐项登记造册，准确掌握设备的数量、质量和性能	有记录，记录内容齐全，与专用记录相符
B. 每台（架）设备要设立的机历本，机历本要注明设备的名称、型号、厂家、投产日期、保修期以及故障、维护历史记录等	有记录，记录内容齐全，与专用记录相符

五、备品备件、仪器仪表和工具的管理

检查项目	检查重点及检查办法
A. 备品备件、仪器仪表和工具有登记记录，记录内容完整：型号、序列号、数量、购置（入库）日期、经手人和主管人员签字等。一干备件要求数据与总部综合网管数据相符	各项记录要有，记录内容齐全，现查抽查 2 块~3 块备件及仪表，要与实际情况相符，标签准确。备件记录及抽查实际备件分别与综合网管备件数据进行核对，重点核对综合网管数据的准确性
B. 备品备件、仪器仪表的返修记录和升级记录，记录内容完整：型号、序列号、数量、返修日期、返回日期、升级日期、升级情况、经手人等	各项记录要有，记录内容齐全，标签准确

检查项目	检查重点及检查办法
C. 备品备件、仪器仪表和工具的使用（借用）记录，记录内容完整：型号、数量、使用日期、返回日期、使用原因、使用人签字、经手人等	各项记录要有，记录内容齐全，标签准确
D. 备品备件、仪器仪表和工具，专柜保存、专人管理	专柜保存，专人管理

六、网络安全管理及应急管理

检查项目	检查重点及检查办法
要制定有相关安全管理规定或管理办法	要对三级传输网络光缆线路、传输设备、电源配套的运行维护和人员的安全保障等方面建立相应管理办法
定期对三级传输网络的安全隐患情况进行全面排查	要求重点对三级传输网络的线路、设备、网络层面的安全隐患进行检查
网络安全保障措施	要求存在多套传输系统的情况下，能够根据所承载各业务的特点进行保护
应急方案应包括在各种紧急情况下问题的应急处理方案和流程（包括波分层面、设备层面及电路层面倒代方案），以及该种情况下数据备份带处理问题等具体内容	现场抽查分公司编制的应急预案，要求应急预案的编制能够结合分公司的实际网络情况
应急预案演练	要求能够根据所制定的应急预案对应急预案进行演练，要求有相关应急预案演练记录
应急响应能力抽查	由组长单位现场确定应急相应能力测试方法

附录二　中继局房维护管理要求

一、中继局房设备管理

机房传输设备	检查重点及检查办法
A. 机房内机架排列整齐，设备有序，使用方便	机柜排列表面应无明显凹凸情况，机柜门开关自如
B. 布线（电源线、电缆等）整齐，合理	不能有隐患
C. 公务电话使用正常，防静电手镯完好	设备完好，附件（公务及手镯）完好。如设备、公务电话处于返修状态，或非本分公司原因故障可不扣分（分公司需提供相应故障记录及相关部件返修状态证明文件）
D. 各种设备要有标识，标识准确、齐全	完成标准化的局房按照标准化要求，未完成标准化的局房按维护规程要求
E. 设备的熔丝、空开要有标识，与电源系统标识一致	
F. 各线路板对应光方向标识明确	
G. DDF 标识齐全、准确，需用计算机打印（一个机房允许有 5 个以下临时手写标识）	
H. ODF 尾纤标识齐全、准确，需用计算机打印（一个机房允许有 5 个以下临时手写标识）	
I. 设备侧尾纤标签准确、清晰，符合相应标准	
J. 设备连接电缆在 DDF 上无飞线，DDF 标签准确、清晰，DDF 应接地，接地符合标准	设备连接电缆应在 DDF 上无飞线，标签要准确，DDF 应接地
K. 设备和设备机架（含滤网）卫生、清洁，设备表面应整洁、无灰尘和污迹。设备内风扇滤网定期（每月一次）清洗。（要求中继站巡检记录中应有记录）	设备表面清洁，手模应明显无尘，有定期清洁记录

机房传输设备	检查重点及检查办法
L. 馈线、跳线、尾纤连接无松动、馈线接地无松动（微波设备、同步设备）	馈线、跳线、尾纤连接紧固，馈线有接地，接地符合要求
M. 馈线平行走线，无交叉、搭接、急弯，馈线入户前有防水弯（微波设备、同步设备）	馈线平行走线，无交叉、搭接、急弯，馈线入户前有防水弯（微波设备、同步设备）

二、中继局房巡检制度管理

机房局内光缆（10分）	检查重点及检查办法
A. 入局光缆标识正确	局内光缆有标识，标识正确，要求体现光缆走向、型号、厂家等信息
B. 孔洞堵塞	要求光缆进线孔洞封堵严密
C. 预留光缆盘放整齐	局内预留光缆盘放整齐，捆扎牢靠，无受力扭曲现象

三、中继局房数据管理

检查项目	检查重点及检查办法
机房巡检记录准确、齐全	有巡检记录（可结合机历本），要求体现机房及设备清洁、设备巡视等内容，记录内容翔实，数据准确
中继站基础数据（10分）	检查重点及检查办法
A. 中继站配置、设备类型、厂家、软（硬）件版本类型	有相应记录，内容符合要求
B. 机房面积、投入使用日期	有记录
C. 主设备有机历本或机历卡	有，机历本内容符合要求
传输基础数据（10分）	检查重点及检查办法
A. 传输网络结构图、传输中心机房联系电话、公务联系电话	要求存放所涉及传输网络的结构图、中心机房联系电话、维护常用电话及公务联系电话
B. 光纤使用记录或ODF台账	有记录，记录符合要求，记录数据准确，与设备及ODF尾纤标签相符
C. 设备灯告警指示说明	要求存放所涉及传输设备的告警指示灯说明

四、中继局房应急管理

项目	检查重点及检查办法
A. 应急倒代器材	尾纤、法兰、衰耗器、熔丝配备齐全
B. 应急倒代通道标识	要求具备倒代条件的在ODF台账上注明倒代对应端子，不具备倒代条件的要注明备用通道对应端子，要求端子标准清晰、准确，资料数据要与实际标识核对
C. 应急方案	要求应急方案能够详细描述备用通道或倒代通道的倒代对应关系，根据其对应关系可以直接进行倒代操作方案

附录三 传输机务员国家职业标准岗位要求

本标准对中级、高级、技师和高级技师的技能要求及相关知识依次递进，高级别包括低级别的要求。

3.1   国家职业资格四级／中级

职业功能	工作内容	技能要求	相关知识
	光传输技能模块	一、光传输设备维护技能 1. 能够利用仪表对设备各项性能进行简单测试 2. 掌握所开放的业务电路及开放流程，能够对电路开放资料进行管理 3. 能够利用仪表对设备较复杂障碍进行判断，并配合相关人员进行处理 4. 能够掌握设备维护规程，掌握电路的技术指标和测试方法，按照测试结果判断电路质量 5. 能够制订维护作业计划并执行，正确填写测试记录和维护报表 6. 能够对突发事件进行简单的应急处理 二、光传输网络维护技能 1. 能够利用本地维护终端或网络管理系统所反馈的检测结果，分析、判断、处理网络和系统运行中出现的一般性故障 2. 能够在指导下利用本地维护终端或网络管理系统，对网络的各项数据进行配置、修改和维护 3. 能够利用本地维护终端或 网络管理系统进行应急业务恢复 4. 能够对网络管理系统的硬件故障进行判断	1. PCM／PDH／SDH／WDM基础知识 2. 了解传输网络构成和网络通路组织图 3. 掌握微机的基本原理和简单应用知识 4. 计算机软、硬件知识 5. 传输设备网管系统操作知识

3.2 国家职业资格三级／高级

职业功能	工作内容	技能要求	相关知识
	光传输 技能模块	一、光传输设备维护技能 1. 根据工程要求，能够独立进行传输设备的安装、调试等技术工作，并掌握新设备的测试开通、交接验收的要点 2. 能够进行组网、建网和网络改造工作，并能根据用户的需求完成设计方案 3. 能够掌握常用光传输类工具、仪表操作方法，利用仪表对设备各项性能进行测试 4. 能够利用仪表对设备复杂障碍进行判断，并指挥相关人员进行处理 5. 能够掌握所维护设备的功能、工作原理、配置和测试方法，指导和培训客户正确操作客户端设备 6. 能够掌握设备维护规程和相关规定，制订不同设备的维护指标和维护流程 7. 能够组织实施设备更新改造及大修整治项目 8. 能够根据网络现状组织制订电路应急预案 9. 具有跟踪新技术的能力 二、光传输网络维护技能 1. 能够掌握全网网络节点拓扑结构及通路组织情况 2. 能够掌握光通信网络网管系统的软、硬件结构，对网络管理系统硬件故障进行判断并提出解决方案 3. 能够利用本地维护终端或网络管理系统所反馈的检测结果，分析、判断、处理网络和系统运行中出现的复杂故障 4. 能够应用网络管理系统的各种命令对网络进行全面数据配置和性能监测，并提出网络数据管理的新要求 5. 能够对中、高级维护人员进行技术培训	1. 掌握 PCM／PDH／SDH／WDM 技术的全部知识 2. 计算机软、硬件知识 3. 网络组织设计知识 4. 质量考核规定 5. 故障处理流程 6. 专业英语 7. 写作知识

3.3 国家职业资格二级／技师

职业功能	工作内容	技能要求	相关知识
	光传输 技能模块	1. 能够对传输网络的建设和发展进行规划设计，提出建设性意见 2. 能够对现有传输网络设备及组网方面存在的问题提出改进意见并组织实施 3. 能够对各种传输网络设备和网络管理系统出现的问题进行全面分析并进行处理 4. 能够及时组织处理各种突发性事件 5. 能够组织对网络设备资源进行全面管理和优化 6. 能够对网络管理系统的体系结构进行规划、设计 7. 随时跟踪技术发展，能够采用新技术、新设备、新仪表改善网络运行质量 8. 能够随着技术的发展，制订合理的维护作业计划和维护管理办法 9. 能够组织攻关，解决网络维护中遇到的各种疑难问题	1. 网络规划知识 2. 统计分析数学模型 3. 电信业务知识 4. 概率论知识 5. 电信网质量评估体系 6. 管理学基础知识 7. 专业英语 8. 公文写作知识

3.4 国家职业资格一级／高级技师

职业功能	工作内容	技能要求	相关知识
	光纤通信技能模块	一、光传输设备维护技能 1. 能够在 DDF、ODF 上进行电缆和软光纤的跳接，根据要求能够完成所维护的光传输终端和用户终端的安装及电路调试工作 2. 能够进行常用光传输类工具、仪表一般性操作，能够与相关人员配合利用仪表进行中继电路及用户电路的测试工作 3. 能够利用仪表测试，对一般性电路和设备故障进行判断，能够与相关人员配合处理电路和设备的一般性故障 4. 能够根据维护作业计划对所维护设备及附属设备进行一般的周期性维护，正确填写维护测试记录 5. 能够在 DDF 和 ODF 上正确执行电路应急调度预案，进行业务恢复 二、光传输网络系统维护技能 1. 能够利用本地维护终端或网络管理系统所反馈的告警信息对网络的一般性故障进行判断和处理 2. 能够按照维护作业计划利用本地维护终端或网络管理系统进行一般的网络周期性维护，正确填写维护监测记录 3. 能够利用本地维护终端或网络管理系统正确执行电路应急调度预案，进行业务恢复 4. 能够在指导下利用本地维护终端或网络管理系统，对电路进行连接和性能监测配置	1. 掌握电工学基础知识和常用仪器、仪表的基本使用方法 2. 了解电子电路的基本原理，晶体管的构成、类型、性能，集成电路的一般原理 3. 掌握数字通信基础知识 4. 了解所开放的业务电路，掌握业务电路开放全过程 5. 掌握电缆和软光线布放方式 6. 掌握光传输设备维护规程 7. 掌握常用工具、仪表使用 8. 掌握微机的基本原理和简单应用知识 9. 掌握传输设备网络管理系统的基本操作

附录四　专用词汇及缩略语

缩略语	中文解释	英文解释
ADM	分插复用器	Add/Drop Multiplexer
AIS	告警指示信号	Alarm Indication Signal
APS	自动保护倒换	Automatic Protection Switching
AU	管理单元	Administration Unit
AU-AIS	AU 告警指示信号	Administrative Unit Alarm Indication Signal
AUG	管理单元组	Administration Unit Group
AU-LOP	AU 指针丢失	Loss of Administrative Unit Pointer
AUP	管理单元指针	Administration Unit Pointer
BBER	背景块误码比	Background Block Error Ratio
BIP-N	比特间插奇偶校验 N 位码	Bit Interleaved Parity N code
CMI	传号反转码	Coded Mark Inversion
DCC	数据通信通路	Data Communication Channel
DXC	数字交叉连接	Digital Cross-connect
ECC	嵌入控制通道	Embedded Control Channel
ESR	误码秒比率	Errored Second Ratio
FEBE	远端块误码	Far End Block Error
HDB3	高密度双极性码	High Density Bipolar of order 3 code
HPA	高阶通道适配	High order Path Adaptation
HPC	高阶通道连接	High order Path Connection
HP-RDI	高阶通道接收缺陷指示	High order Path - Remote Defect Indication
HP-REI	高阶通道远端错误指示	High order Path - Remote Error Indication

续表

缩略语	中文解释	英文解释
HPT	高阶通道终端	High order Path Termination
ISDN	综合业务数字网	Integrated Services Digital Network
ITU-T	国际电信联盟-电信标准部	International Telecommunication Union - Telecommunication Sector
LOP	指针丢失	Loss Of Pointer
LPA	低阶通道适配	Low order Path Adaptation
LPC	低阶通道连接	Low order Path Connection
LPT	低阶通道终端	Low order Path Termination
MSA	复用段适配	Multiplex Section Adaptation
MS-AIS	复用段告警指示信号	Multiplex Section - Alarm Indication Signal
MSOH	复用段开销	Multiplex Section Overhead
MSP	复用段保护	Multiplex Section Protection
MS-RDI	复用段远端缺陷指示	Multiplex Section - Remote Defect Indication
MST	复用段终端	Multiplex Section Termination
OAM	运行、管理、维护	Operation, Administration and Maintenance
OHA	开销接入	Overhead Access
PDH	准同步数字系列	Plesiochronous Digital Hierarchy
POH	通道开销	Path Overhead
PPI	PDH 物理接口	PDH Physical Interface
REG	再生器	Regenerator
RDI	远端失效指示	Remote Defect Indication
R-LOF	帧丢失	Loss Of Frame
R-LOS	信号丢失	Loss Of Signal
R-OOF	帧失步	Out Of Frame
RSOH	再生段开销	Regenerator Section Overhead
RST	再生段终端	Regenerator Section Termination
SCC	系统通信控制	System Control & Communication
SDH	同步数字系列	Synchronous Digital Hierarchy
SEMF	同步设备管理功能	Synchronous Equipment Management Function
SES	严重误码秒	Severely Errored Second
SESR	严重误码秒比率	Severely Errored Second Ratio
SETPI	同步设备定时物理接口	Synchronous Equipment Timing Physical Interface
SETS	同步设备定时源	Synchronous Equipment Timing Source
SOH	段开销	Section Overhead
SPI	同步物理接口	SDH Physical Interface

缩略语	中文解释	英文解释
STG	同步定时发生器	Synchronous Timing Generator
TIM	追踪识别符失配	Trace Identifier Mismatch
TM	终端复用器	Termination Multiplexer
TMN	电信管理网	Telecommunications Management Network
TUG	支路单元组	Tributary Unit Group
TU-LOM	支路单元复帧丢失	TU-Loss Of Multi-frame
TUP	支路单元指针	Tributary Unit Pointer
UAT	不可用时间	Unavailable Time
UNEQ	未装载	Unequipped
VC	虚容器	Virtual Container

[1] 朗讯科技中国有限公司光网络部. 光传输技术. 北京：清华大学出版社，2003.

[2] 韦乐平. 光同步数字传送网（修订本）. 北京：人民邮电出版社，1998.

[3] 邓忠礼. 光同步传送网和波分复用系统. 北京：清华大学出版社，2003.

[4] 孙学康，张金菊. 光纤通信技术. 北京：人民邮电出版社，2004.

[5] 解金山，陈宝珍. 光纤数字通信技术. 北京：电子工业出版社，2002.

[6] 纪越峰. 现代光纤通信技术. 北京：人民邮电出版社，1997.